Aventura clandestina
MICHELLE CELMER

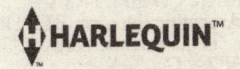

HARLEQUIN

Editado por HARLEQUIN IBÉRICA, S.A.
Núñez de Balboa, 56
28001 Madrid

© 2011 Michelle Celmer. Todos los derechos reservados.
AVENTURA CLANDESTINA, N.º 1883 - 21.11.12
Título original: A Clandestine Corporate Affair
Publicada originalmente por Harlequin Enterprises, Ltd.

Todos los derechos están incluidos los de reproducción, total o parcial. Esta edición ha sido publicada con permiso de Harlequin Enterprises II BV.
Todos los personajes de este libro son ficticios. Cualquier parecido con alguna persona, viva o muerta, es pura coincidencia.
® Harlequin, Harlequin Deseo y logotipo Harlequin son marcas registradas por Harlequin Books S.A.
® y ™ son marcas registradas por Harlequin Enterprises Limited y sus filiales, utilizadas con licencia. Las marcas que lleven ® están registradas en la Oficina Española de Patentes y Marcas y en otros países.

I.S.B.N.: 978-84-687-0928-4
Depósito legal: M-29206-2012
Editor responsable: Luis Pugni
Fotomecánica: M.T. Color & Diseño, S.L. Las Rozas (Madrid)
Impresión en Black print CPI (Barcelona)
Fecha impresion para Argentina: 20.5.13
Distribuidor exclusivo para España: LOGISTA
Distribuidor para México: CODIPLYRSA
Distribuidores para Argentina: interior, BERTRAN, S.A.C. Vélez Sársfield, 1950. Cap. Fed./ Buenos Aires y Gran Buenos Aires, VACCARO SÁNCHEZ y Cía, S.A.

Capítulo Uno

Oh, eso no era bueno.

Ana Birch miró con indiferencia por encima del hombro a la cubierta superior del club de campo, con la esperanza de que el hombre con la cazadora de piel oscura la mirara, mientras rezaba para haberse equivocado. Se dijo que quizá solo se pareciera a él. Durante meses, después de que la dejara, había visto sus facciones en la cara de cada desconocido: los ojos sensuales y oscuros y la seductora curva de sus labios; veía sus hombros anchos y físico fibroso en hombres junto a los que pasaba por la calle. Entonces contenía el aliento y el corazón se le disparaba. En los dieciocho meses que habían pasado desde que él le pusiera fin a la aventura que habían tenido,no la había llamado.

Finalmente lo vio junto al bar, con una copa en la mano mientras hablaba con otro de los invitados. Sintió que el corazón se le hundía y que se le formaba un nudo en la garganta. No se trataba de ningún engaño de sus ojos. Decididamente era él.

¿Cómo podía hacerle eso Beth?

Acomodando mejor a Max, su hijo de nueve meses, contra la cadera, cruzó el césped impecable mientras notaba cómo los tacones se le hundían en la tierra blanda y húmeda. Cada vez que Max se movía se deslizaba hacia abajo.

Con los vaqueros ceñidos y las botas de caña alta, con el cabello recién teñido de rojo sirena, era la antítesis de las madres de sociedad que bebían y alimentaban su vida social mientras unas agobiadas niñeras perseguían a sus hijos. Un hecho que no le pasaba a nadie por alto, ya que allá por donde iba la seguían miradas curiosas. Pero nadie se atrevía a insultar a la heredera del imperio energético Birch, al menos a la cara, algo que a Ana le resultaba un alivio y una irritación al mismo tiempo.

Vio a su prima Beth de pie junto al castillo hinchable observando a su pequeña de seis años, Piper, la niña del cumpleaños.

Quería a Beth como a una hermana, pero en esa ocasión se había pasado.

Entonces los vio acercarse y sonrió. Ni siquiera tuvo la decencia de aparentar culpabilidad por lo que había hecho, algo que no sorprendió a Ana. La propia vida de Beth era tan terriblemente tranquila y aburrida, que parecía obtener placer de meterse en los asuntos de otras personas.

–¡Maxie! –Beth extendió los brazos. Max chilló entusiasmado y se lanzó hacia ella y Ana se lo entregó.

–¿Por qué está aquí? –demandó en voz baja.

–Quién?

Beth se hizo la inocente cuando sabía muy bien de quién le hablaba.

–Nathan.

Ana miró por encima del hombro a Nathan Everett, presidente de la rama principal de Western Oil, de pie junto a la barandilla, con una copa en la mano y exhibiendo un atractivo conservador e informalmente sofisticado como el día en que Beth los había presentado. No era su tipo, en el sentido de que tenía una carrera de éxito y carecía de tatuajes y de historial policial. Pero era un pez gordo en Western Oil, de modo que tomar una copa con él había sido el «corte de mangas» definitivo para su padre. Esa copa fueron dos, luego tres y cuando le preguntó si la llevaba a casa, había pensado que era inofensivo.

Hasta ahí la teoría brillante. Pero cuando la besó ante su puerta, prácticamente estalló en llamas. A pesar de lo que inducía a la gente a creer, no era la precoz gatita sexual que describían las páginas de sociedad. Era muy selectiva con quién se acostaba y nunca lo hacía en una primera cita, pero se podía decir que lo había arrastrado al interior de su casa. Y aunque él hubiera podido parecer conservador, decididamente sabía cómo complacer a una mujer. De pronto el sexo había cobrado un sentido nuevo para ella. Ya no se trataba de desafiar a su padre. Simplemente, deseaba a Nathan.

Y a pesar de que se suponía que solo iba a ser una noche, él no paró de llamar y descubrió que le era imposible resistirse. Cuando la dejó, estaba locamente enamorada de él. Por no mencionar que también embarazada.

Nathan miró en su dirección. Ana quedó atrapada en esa mirada penetrante. Un escalofrío le erizó el vello de los brazos y de la nuca. Luego el corazón comenzó a latirle deprisa a medida que la recorría esa sensación familiar y el rubor le invadía el cuello y las mejillas.

Apartó la vista.

—Era el compañero de cuarto de Leo en la universidad —explicó Beth, haciéndole cosquillitas a Max bajo el mentón—. Me era imposible no invitarlo. Habría sido una grosería.

—Al menos podrías habérmelo advertido.

—De haberlo hecho, ¿habrías venido?

—¡Claro que no! —tenerlo tan cerca de Max era un riesgo que no podía permitirse. Beth sabía muy bien lo que sentía al respecto.

Esta frunció el ceño mientras susurraba:

—Quizá pensé que ya era hora de que dejaras de esconderte de él. Tarde o temprano la verdad saldrá a la luz. ¿No crees que es mejor ahora que tarde? ¿No crees que él tiene derecho a saberlo?

En lo que a Ana concernía, él jamás podría conocer la verdad. Además, le había dejado bien claro lo que sentía. Aunque ella le importaba, no estaba en el mercado para una relación seria. Carecía de tiempo. Y aunque lo tuviera, no lo beneficiaría ser visto con la hija de un competidor. Representaría el fin de su carrera.

Era la historia de su vida. Para su padre, Walter Birch, dueño de Birch Energy, la reputación y las apariencias siempre habían significado mucho más que su felicidad. Como supiera que había mantenido una relación con el presidente de la sucursal principal de Western Oil, y que ese hombre era el padre del inesperado nieto que le había llegado, lo vería como la traición definitiva. Ya había considerado una vergüenza que tuviera un hijo fuera del matrimonio, y se había mostrado tan furioso cuando no quiso revelarle el nombre del padre, que había cortado toda comunicación con ella hasta que Max había cumplido casi los dos meses. De no ser por el fideicomiso que le había dejado su madre, Max y ella habrían terminado en la calle.

Durante años se había regido por las reglas de su padre.

Había hecho todo lo que él le había pedido, interpretando el papel de su perfecta princesita con la esperanza de ganarse sus halagos. Pero nada de lo que hacía era demasiado bueno, de modo que cuando ser una buena chica no la llevó a ninguna parte, se convirtió en una chica mala. La reacción negativa fue mejor que nada. Al menos durante un tiempo, pero también terminó por cansarse de ese juego. El día que se enteró de que estaba embarazada, por el bien del bebé supo que había llegado el momento de crecer. Y a pesar de ser ilegítimo, Max se había convertido en el ojito derecho del abuelo. De hecho, este ya hacía planes para que un día Max dirigiera Birch Energy.

Como su padre se enterara de que el padre era Nathan, por simple despecho los desheredaría a ambos. ¿Cómo iba a negarle a su hijo el legado que era suyo y le correspondía?

En parte, esa era la razón por la que resultaba mejor que Nathan jamás averiguara la verdad.

—Solo quiero que seas feliz —dijo Beth, entregándole a Max, quien había empezado a mostrar de forma sonora que la echaba de menos.

—Me llevo a Max a casa —dijo Ana, acomodándolo de nuevo contra su cadera. No creía que después de todo ese tiempo Nathan intentara aproximarse. Desde que se separaran, ni una sola vez había tratado de contactar con ella. Había desaparecido.

Pero no pensaba correr el riesgo de toparse con él por accidente. Aunque no creía que quisiera tener nada que ver con su hijo.

—Luego te llamo —le dijo a Beth.

Estaba a punto de darse la vuelta cuando a su espalda oyó la voz profunda de Nathan.

—Señoras.

Por un momento el pulso se le detuvo y luego se le desbocó.

«Maldita sea». Se paralizó de espaldas a él, sin saber muy bien qué hacer. ¿Debería huir? ¿Girar y encararlo? ¿Y si miraba a Max y, simplemente, lo sabía? ¿Resultaría demasiado sospechoso huir?

—Vaya, hola, Nathan —dijo Beth, dándole un beso en la mejilla—. Me alegra tanto que pudieras venir. ¿Recuerdas a mi prima, Ana Birch?

Ana tragó saliva al girar, bajando la gorra de lana de Max para cubrir el pequeño mechón rubio detrás de la oreja izquierda en su, por lo demás, pelo tupido y castaño. Un pelo como el de su padre. También tenía el mismo hoyuelo en la mejilla izquierda cuando sonreía y los mismos ojos castaños llenos de sentimiento.

–Hola, Nathan –saludó, tragándose el miedo y la culpabilidad. «Él no te quería», se recordó. «Y no habría querido al bebé. Hiciste lo correcto». Tenía que haber oído hablar de su embarazo. Había sido el tema preferido de la alta sociedad de El Paso durante meses. El hecho de que jamás cuestionara si él era o no el padre le revelaba todo lo que quería saber: que no quería saberlo.

La fría evaluación a que la sometió, la falta de afecto y ternura en su mirada, le indicó que para él solo había sido una distracción temporal.

Deseó poder decir lo mismo, pero en ese momento lo echaba de menos de la misma forma, anhelaba sentir esa conexión profunda que jamás había experimentado con otro hombre. Cada fibra de su cuerpo le gritaba que era él y habría sacrificado todo por estar con él. Su herencia, el amor de su padre… aunque ni por un momento creía que Walter Birch quisiera a alguien que no fuera él mismo.

–¿Cómo estás? –preguntó él.

A Ana le pareció que, en el mejor de los casos, era un tono cortés y de conversación superficial. Aparte de que hizo poco más que mirar a su hijo.

Decidió adoptar el mismo tono cortés, a pesar de que las entrañas se le retorcían por un dolor que después de todo el tiempo pasado aún le desgarraban lo más profundo de su ser.

–Muy bien, ¿y tú?
–Ocupado.

No lo dudaba. La explosión de Western Oil había representado una gran noticia. Había habido páginas de prensa negativa y cuñas publicitarias desfavorables... cortesía de su padre, desde luego. Como presidente de la sucursal principal, era responsabilidad de Nathan reinventar la imagen de Western Oil.

–Bueno, si me disculpáis –dijo Beth–, he de ir a ver a por la tarta –y se largó sin aguardar respuesta.

Esperó que también Nathan se marchara. Pero eligió justo ese momento para reconocer a su hijo, que se movía inquieto, ansioso de atención.

–¿Es tu hijo? –le preguntó él.

–Es Max –respondió, asintiendo.

El vestigio de una sonrisa suavizó la expresión de Nathan.

–Es precioso. Tiene tus ojos.

Max, que era un sabueso para captar cuando se hablaba de él, chilló y agitó los brazos. Nathan le tomó la manita en la suya y las rodillas de Ana se convirtieron en gelatina. Padre e hijo, estableciendo contacto por primera vez... y, con suerte, la última. De pronto el amago de lágrimas le quemó el borde de los ojos y una aguda sensación de pérdida le atravesó todas las defensas. Necesitaba irse de ahí antes de cometer una estupidez, como soltar la verdad y convertir una mala situación en una catástrofe.

Pegó al pequeño contra ella, algo que a Max no le gustó. Chilló y se revolvió, moviendo los bracitos con frenesí y haciendo que la gorra de lana se le cayera de la cabeza.

Antes de poder recogerla, Nathan se agachó y la levantó de la hierba. Ana pasó la mano alrededor de la cabeza de Max con la esperanza de cubrirle la marca de nacimiento, pero cuando Nathan le entregó el gorro, no le quedó más alternativa que retirarla. Se situó de tal manera que él no pudiera ver la cabeza del pequeño, pero al alargar el brazo hacia la gorra, Max chilló y se lanzó hacia Nathan. Resbaló sobre su chaqueta de seda y estuvo a punto de que se le escapara. El brazo de Nathan salió disparado para sujetarlo en el momento en que ella lograba volver a afianzarlo y, con el corazón desbocado, lo pegaba a su pecho.

–Bueno, ha sido agradable volver a verte, Nathan, pero me estaba yendo.

Sin aguardar una respuesta, se volvió para irse, pero antes de que pudiera dar más de un paso, la mano de Nathan se cerró sobre su antebrazo. Ella la sintió como una descarga de electricidad.

–¿Ana?

Maldijo para sus adentros y se volvió para mirarlo. Y en cuanto vio sus ojos, pudo ver que lo sabía. Lo había deducido.

¿Y qué si lo sabía? Había dejado bien claro que no quería hijos. Probablemente, ni siquiera le importara que el bebé fuera suyo, mientras ella aceptara no contárselo jamás a nadie ni solicitar su ayuda. Cosa que no necesitaría, ya que el fideicomiso les permitía vivir muy bien. Nathan podría seguir adelante con su vida y fingir que jamás había sucedido.

Con suavidad, Nathan alzó la mano y acarició la carita de su hijo, girándole la cabeza para poder ver detrás de la oreja del pequeño. Pensando que se trataba de un juego, Max agitó la mano y se revolvió en los brazos de Ana.

Al ver cómo palidecía, comprendió que lo sabía y no lo esperaba. Ni siquiera había considerado semejante posibilidad remota.

–¿Hablamos en privado? –preguntó con la mandíbula tensa y los dientes apretados.

–¿Dónde? –se hallaban en una fiesta con al menos doscientas personas, la mayoría de las cuales sabían que los dos tendrían mucho de qué hablar–. Sin duda no querrás que te vean con la hija de un competidor directo –soltó con una voz tan llena de resentimiento acumulado que apenas pudo reconocerla–. ¿Qué pensaría la gente?

–Solo dime una cosa –musitó él–. ¿Es mío?

¿Cuántas veces había imaginado ese momento? Había ensayado la conversación miles de veces; pero una vez hecho realidad, la mente se le había quedado en blanco.

–¿Contesta? –demandó él con tono perentorio.

No le quedaba más opción que contarle la verdad, pero solo pudo asentir con rigidez.

–¿He de suponer que jamás pretendías contármelo? –preguntó él con los dientes apretados.

–Para serte sincera –alzó el mentón en gesto de desafío con el fin de ocultar el terror que la atenazaba por dentro–, no pensé que te importara.

Capítulo Dos

Tenía un hijo.

Nathan apenas era capaz de asimilar el concepto. Y Ana se equivocaba. Le importaba. Quizá demasiado. En el instante en que la vio hablar con Beth, el corazón había empezado a martillearle en el pecho con tanta fuerza que lo dejaba sin aliento, y cuando sus ojos se encontraron, había experimentado una necesidad tan profunda de estar cerca de ella que bajó las escaleras y fue hacia Ana antes de poder considerar las repercusiones de sus actos.

Después de poner fin a la relación, la primera semana debió de haber alzado el teléfono una docena de veces, dispuesto a confesarle que había cometido un error, que quería volver a estar con ella, aunque ello hubiera representado el fin de su carrera en Western Oil. Pero se había deslomado para llegar donde estaba como para tirar todo por la borda por una relación que desde el principio estaba predestinada al fracaso. De modo que había hecho lo único que había podido... o eso había creído, porque ya no estaba tan seguro.

Ella intentó liberar el brazo y la mueca en su cara le indicó que le hacía daño. Maldijo para sus adentros. La soltó y controló con voluntad férrea su carácter. Se afanaba en todo momento para tener el control. ¿Qué tenía esa mujer que hacía que abandonara todo sentido común?

—Hemos de hablar —susurró con aspereza—. Ahora.

—Este no es el sitio más idóneo —repuso ella.

Tenía razón. Si desaparecían juntos, la gente lo notaría y hablaría.

—De acuerdo, haremos lo siguiente —indicó—. Vas a despedirte de Beth, subirte a tu coche e irte a casa. Unos minutos después, yo me escabulliré y me reuniré contigo en tu casa.

—¿Y si me niego? —alzó un poco la barbilla.

—No es recomendable —contestó él—. Además, me debes la cortesía de una explicación.

Ni siquiera ella podía negar esa afirmación.

—De acuerdo —aceptó tras una breve pausa.

Después de que ella se marchara, Nathan vio a Beth y se encaminó en esa dirección. No dudaba ni por un segundo de que ella estaba al tanto de que el bebé era suyo. Y la expresión que puso al ver que se acercaba se lo confirmó.

—Nos hizo jurar guardar el secreto —expuso Beth antes de que él dijera nada.

—Deberías habérmelo dicho.

—Como si tú ya no lo supieras —bufó ella.

—¿Cómo iba a poder saberlo?

—Vamos, Nathan. Rompes con una mujer y un mes después se queda embarazada, ¿y me dices que ni siquiera sospechaste que el bebé era tuyo?

Claro que sí. No dejó de esperar una llamada de

Ana. Confiaba en que si el bebé era suyo, ella tendría la decencia de decírselo. Al no tener jamás noticias de ella, dio por hecho que el bebé era de otro hombre, lo que lo llevó a pensar que Ana no había perdido el tiempo en seguir adelante. Algo que inesperadamente le dolió como mil demonios.

Saber en ese momento que no era de otro, sino suyo, no representaba un gran consuelo.

–Hizo mal en ocultármelo –le dijo a Beth.

–Sí. Pero, y me mataría si supiera que te estaba contando esto, tú le rompiste el corazón, Nathan. Quedó destrozada cuando pusiste fin a la relación. Así que, por favor, dale un margen.

Esa no era excusa para ocultarle a su hijo.

–He de irme. Dale un beso de mi parte a la niña del cumpleaños.

–Ve tranquilo con ella, Nathan –dijo Beth ceñuda–. No tienes idea de todo lo que ha tenido que pasar el último año y medio. El embarazo, el alumbramiento… todo sola.

–Fue su elección. Al menos tuvo una.

Sintiéndose enfadado y traicionado por la gente en la que confiaba, se dirigió al aparcamiento. Pero, con franqueza, se preguntó qué había esperado. Leo y él se habían alejado desde los tiempos de la universidad y Beth era la prima de Ana. ¿De verdad había esperado que quebrantara un vínculo familiar por un conocido casual?

Se sentó al volante de su Porsche y reconoció que quizá había sospechado que el bebé era suyo y en el fondo no había querido. Porque eso era admitir la verdad. Tal vez por eso nunca la llamó. Quizá la verdad lo aterraba. ¿Qué haría si fuera su hijo? ¿Qué le diría a Adam Blair, su jefe y presidente de Western Oil? ¿Que iba a tener un hijo que por casualidad era el nieto del propietario de la principal empresa competidora? Habría sido un desastre entonces, pero en ese momento, desde la explosión de la refinería y la sospecha de que Birch Energy podía estar involucrada en el suceso, tenía unas ramificaciones completamente nuevas. No solo podía despedirse de la posibilidad de ocupar el puesto de presidente que pronto quedaría vacante, sino que probablemente perdería el trabajo que ya tenía.

Además, ¿qué diablos sabía él de ser padre, aparte del hecho de que no quería parecerse en nada al suyo propio? Pero el margen de error seguía siendo astronómico.

Al llegar a la casa de Ana en Raven Hill, que tan bien conocía, vio un todoterreno de lujo aparcado. Ella debía de haber cambiado su deportivo por algo más práctico. Porque eso era lo que hacían los padreas responsables. Ni por un segundo dudaba de que Ana sería una buena madre. Solía hablarle de cómo había perdido a su madre y de cómo su padre la ignoraba. Decía que cuando tuviera hijos serían el centro de su universo.

Nathan y su hermano Jordan habían sufrido el problema opuesto. Habían tenido a su padre constantemente encima imponiéndoles los principios en los que creía y obligándolos a hacer las cosas como él quería desde que fueron lo bastante mayores como para tener libre albedrío, que Nathan no había titubeado en emplear al máximo, enfrentándose al viejo a diario.

Aparcó. Respiró hondo para calmarse, bajó y se dirigió al porche. Ana lo esperaba ante la puerta abierta, tal como había hecho tantas veces en el pasado. No los podían ver en público, por lo que habían pasado gran parte de su tiempo en ese piso. Solo que en esa ocasión, al dejarlo entrar y cerrar la puerta, no le rodeó el cuello con los brazos y le dio un beso largo y apasionado.

Ana se había quitado la chaqueta de seda y las botas, y con unos vaqueros ceñidos, una blusa y los pies descalzos, se parecía más a una universitaria que a la madre de un bebé.

Se quitó la chaqueta y la colgó en el perchero próximo a la puerta.

–¿Dónde está el bebé?

–Acostado.

–Quiero verlo –giró hacia el pasillo que conducía a los dormitorios, pero ella se interpuso en su camino.

–Quizá más tarde.

La furia se encendió en su interior, ardiente e intensa, e hizo que la sangre le martilleara en las venas.

–¿Estás diciendo que te niegas a que vea a mi propio hijo?

–Está dormido. Además, creo que es mejor que primero hablemos.

Tuvo ganas de apartarla, pero estaba plantada

ahí con los brazos cruzados, con una expresión de madre protectora que expresaba que más le valía no meterse con ella o con su hijo.

Contuvo la furia y dijo:

–De acuerdo, hablemos.

Ella indicó el sofá del amplio salón.

–Siéntate.

Había tantos juguetes, que era como atravesar un campo de minas. Al sentarse, experimentó el recuerdo vívido de los dos sentados juntos y desnudos, con ella encima de él a horcajadas, la cabeza hacia atrás, los ojos cerrados, cabalgándolo hasta que ambos quedaron ciegos por el éxtasis. El recuerdo hizo que otra vez la sangre le martilleara.

–¿Quieres beber algo? –preguntó ella.

–No, gracias –en todo caso, habría preferido una ducha fría.

Ella se sentó con las piernas cruzadas en el sofá que había frente a él.

–¿De modo que te pareció correcto tener a mi hijo y no decírmelo?

–Cuando te enteraste de que estaba embarazada, podrías haberlo preguntado –replicó ella.

–No debería haberlo hecho.

Ana se encogió de hombros, como si no viera nada malo en sus actos.

–Como te he dicho, no pensé que te importara. De hecho, pensé que te sentirías más feliz sin saberlo. Dejaste bien claro que no querías una familia. Si te lo hubiera contado, ¿qué habrías hecho? ¿Habrías arriesgado tu carrera para reconocerlo?

Sinceramente, Nathan no lo sabía, aunque no podía argüir que eso legitimaba la decisión de ella. Pero eso no trataba solo de cómo afectaría su carrera profesional. Había otros factores a considerar, cosas que ella desconocía de él.

–Fuera como fuere, era una decisión que debía tomar yo, no tú.

–Si no tuviste tiempo para mí, ¿cómo ibas a tenerlo para un bebé?

No era solo cuestión de tiempo. Quizá ella jamás lo entendiera, pero le había hecho un favor cuando puso fin a la relación. Ana le hacía bajar la guardia, perder el control, y con un hombre como él eso solo podía significar problemas. No era la clase de relación que ella se merecía. Era demasiado apasionada y estaba llena de vida. Y también… dulce. No necesitaba que él la arrastrara al fondo.

–¿Lo que quieres decir es que te hice daño y este era tu modo de devolvérmelo? –le preguntó.

–No es lo que he dicho.

No, pero pudo ver que tocaba una tecla sensible.

–Esto no nos lleva a ninguna parte –prosiguió ella–. Si quieres hablar de Max, perfecto. Pero si has venido aquí a repartir culpas, puedes marcharte.

–Al menos podrías tener la decencia, el valor, de reconocer que tal vez cometiste un error.

–Hice lo que consideré mejor para mi hijo. Para todos –guardó silencio y luego añadió a regañadientes–. Pero no te negaré que me sentía herida y confusa y quizá no tomé en consideración los sentimientos de todas las partes.

Nathan supuso que eso era lo más parecido que iba a conseguir como disculpa. Y ella tenía razón: repartir culpas no los iba a llevar a ninguna parte. El único modo de tratar el tema era de forma racional y con serenidad. Pensó en cómo llevaría la situación su padre e hizo lo opuesto.

Se tragó su amargura y una gran dosis de orgullo antes de decir:

−Olvidemos quién tiene la culpa o quién salió perjudicado y háblame de mi hijo.

−Primero, ¿por qué no me cuentas qué planeas hacer ahora que sabes de su existencia? −repuso Ana. No tenía sentido que aprendiera cosas de un hijo al que no pretendía ver.

−Para serte sincero, aún no estoy seguro.

−¿Te preocupa cómo afectará a tu carrera?

−Claro que esa es una preocupación.

−No debería serla. Es tu hijo. Deberías amarlo y aceptarlo incondicionalmente. Si no puedes hacer eso, en su vida no hay espacio para ti.

−Eso es un poco duro, ¿no crees?

−No. Es mi responsabilidad y yo sé lo que es mejor para él. Y a menos que estés dispuesto a aceptarlo como a tu hijo y brindarle un espacio permanente en tu vida, y eso incluyen visitas habituales que sean convenientes para mí, puedes olvidarte de llegar a verlo. Necesita estabilidad, no un padre esporádico que lo introduce y lo saca de su vida a su capricho.

Una inusual muestra de furia le endureció las facciones.

–Imagino que también esperarás una pensión alimenticia –manifestó con la mandíbula tensa.

Simplemente, no lo entendía. Eso no tenía nada que ver con el dinero o una necesidad de manipularlo. Todo era por Max.

–Guárdate tu dinero. No lo necesitamos.

–Es mi hijo y mi responsabilidad económica.

–No puedes comprar el acceso a su vida, Nathan. No está en venta. Si no puedes estar presente emocionalmente para él a largo plazo, te quedas fuera del juego. Es algo innegociable.

Pudo ver que no lo entusiasmaba nada su enfoque directo.

–Supongo que tengo mucho que pensar –expuso Nathan.

–Imagino que sí –se levantó del sofá, instándolo a hacer lo mismo–. Cuando hayas tomado una decisión, entonces podrás ver a Max. Entiendo que necesites tiempo para pensártelo. Y quiero que sepas que lo que decidas, estará bien para mí. Me encantaría que Max conociera a su padre, pero no quiero que te sientas presionado por algo para lo que no estás preparado. Puedo manejar esta situación yo sola.

Fue hacia la puerta y se puso la cazadora, mirando por el pasillo hacia los dormitorios.

–¿Puedo llamarte? –preguntó.

–Mi número sigue siendo el mismo –lo sabría si hubiera intentado contactar con ella en los últimos dieciocho meses.

Él se detuvo junto a la puerta con la mano en el pomo y se volvió hacia ella.

—Lamento cómo resultaron las cosas entre nosotros.

Pero no lo suficiente como para quererla de vuelta en su vida, pensó mientras él regresaba a su coche.

Observó desde la ventana principal hasta que se marchó, luego salió y cruzó el césped hasta la casa de al lado, frotándose los brazos contra el frío. Llamó a la puerta y casi de inmediato Jenny Sorensen, su vecina y buena amiga, abrió con expresión preocupada.

—¿Va todo bien? —le preguntó al hacerla pasar.

Max estaba sentado en el suelo del salón con Portia, la hija de quince meses de Jenny. Ana no había sabido cuál sería la reacción de Nathan, así que le había parecido mejor dejar a Max fuera de la escena.

—Todo va bien.

Cuando el pequeño oyó su voz, chilló y gateó en su dirección, pero entonces se distrajo con el juguete que Porrita aporreaba contra la mesita de centro y cambió de curso.

—Se te veía realmente alterada cuando me lo trajiste. Estaba preocupada.

—Hoy me topé con el padre de Max. Desconozco si quiere figurar en el cuadro general. Quería hablar y consideré que sería mejor que Max no estuviera presente.

—¿Qué sientes al respecto?

–Cosas encontradas. Me encantaría que Max conociera a su padre, pero al mismo tiempo siento como si lo preparara para que lo decepcionaran. Como sea la mitad de malo que mi padre...

–Es justo que le brindes una oportunidad –expuso con firmeza, mirando a su hija, que forcejeaba con Max por un oso de peluche–. Un bebé necesita un padre.

Aunque Portia apenas veía al suyo.

Brice Sorenson era un cirujano ocupado que a menudo se marchaba de la casa antes de que el bebé despertara y regresaba una vez que ya estaba dormida. Si tenían suerte, ambas podían verlo unas horas los domingos entre las rondas en el hospital y el golf. Era mayor que Jenny y había criado hijos de un primer matrimonio. No cambiaba pañales ni limpiaba el desorden, y ni una sola vez se había levantado a medianoche para alimentar a su hija. El escenario tocaba una cuerda familiar y perturbadora para Ana. Una que se negaba aceptar para Max.

–La pelota está en su lado de la pista ahora –dijo Ana. Y si Nathan quería algo inferior a lo que era mejor para Max, lo suprimiría de la vida de su hijo sin pestañear.

Capítulo Tres

Aunque Nathan odiaba que las palabras de Ana tuvieran tanto sentido, después de varios días de analizar el bienestar de su hijo, supo que tenía razón. O estaba dentro o fuera de la vida de Max. No había término medio. Pero tenía que considerar de qué manera podría afectar a su carrera el hecho de reconocer esa paternidad. Estaba seguro de que si la verdad salía a la luz, ya podía despedirse de sus posibilidades de llegar a ser presidente ejecutivo de la empresa. La junta lo consideraría un conflicto de intereses directo y flagrante. Desde que averiguaran que la explosión en la refinería había sido por la manipulación del equipo, todos se habían mostrado prestos en señalar a Birch Energy... a pesar de que hasta el momento no habían podido presentar ninguna prueba de semejante conexión.

Pero lo más importante era que Nathan no tenía idea de cómo ser padre... al menos no uno bueno. Lo único que sabía con certeza era que no quería parecerse un ápice a su propio padre, quien solo aceptaba la perfección y estallaba en un ataque de ira si alguien se atrevía a quedarse corto ante las expectativas utópicas que planteaba.

Nathan era como su padre, tenía demasiada ira

contenida como para soslayar la posibilidad de que sería un padre horrible. Sin embargo, no podía olvidar que había un niño al que había traído al mundo que compartía la mitad de su código genético. Al menos debía intentarlo. Y si no podía estar ahí para Max, a pesar de que Ana afirmaba que no necesitaban su dinero, se encargaría de que el pequeño estuviera cubierto económicamente el resto de la vida.

El miércoles por la tarde llamó a Ana para preguntarle si podía pasarse a verla para hablar.

−¿Qué te parece esta noche a las ocho y media? Después de que Max se acueste.

−¿Sigues sin dejarme verlo?

−Sí, hasta no saber qué tienes que decirme.

Era justo.

−Nos vemos a las ocho y media, entonces.

Nada más colgar, el director financiero de la empresa llamó a la puerta de su despacho.

Le hizo un gesto para que pasara.

−Lamento interrumpir −comentó Emilio, entregándole un pequeño sobre blanco−. Solo quería dejarte esto.

−¿Qué es?

−Una invitación.

−¿Para...?

−Mi boda.

Nathan rio, pensando que debía tratarse de una broma.

−¿Tú qué?

Emilio sonrió.

–Ya lo has oído.

Nathan no conocía a nadie más vehemente en contra del matrimonio. Se preguntó qué diablos había pasado.

Dominado por la curiosidad, abrió el sobre y sacó la invitación. Se quedó boquiabierto al reconocer el nombre de la novia.

–¿Se trata de la Elizabeth Winthrop, que fue acusada de fraude financiero?

–Al parecer no has estado viendo las noticias. Todos los cargos fueron retirados el viernes pasado.

Aquel día había trabajado hasta tarde antes de ir a la fiesta y desde entonces prácticamente solo había pensado en Ana y en su hijo.

No recordaba haber encendido el televisor ni haber abierto un periódico.

–¿Y ahora te casas con ella?

Sí.

Nathan movió la cabeza.

–¿Su marido no murió hace unos meses?

–Es una larga historia –indicó Emilio.

Le sorprendía no haberse enterado hasta ese momento. Pero, como él, Emilio era una persona muy reservada. Y Nathan no podía sentirse más feliz de que hubiera encontrado a alguien con quien quisiera pasar el resto de su vida.

–Estoy impaciente por oírla –comentó.

Emilio sonrió.

–A propósito, leí tu propuesta. Me gustaría establecer una reunión con Adam para repasar los números. Probablemente, la semana que viene.

–Que lo arreglen nuestras secretarias.

Pasó el resto de la tarde en reuniones, y en la última pidieron algo para cenar, lo que le ahorró tiempo de comprar algo para comer en casa antes de cambiarse para ir a la casa de Ana. Llegó a las ocho y media en punto. En algún momento desde el sábado, ella había decorado la parte frontal de su casa para las inminentes navidades. Las ramas de abeto enmarcaban las ventanas y las puertas y en la entrada una guirnalda decorada con luces y acebo fresco daba la bienvenida a todo el mundo. Nathan no había puesto nada decorativo. ¿Para qué, si nunca estaba allí?

Antes de llamar a la puerta, esta se abrió.

–Justo a tiempo –comentó Ana. Llevaba un sexy chándal rosa sobre una gastada camiseta manchada con algo anaranjado que quizá podría haber sido puré de zanahoria. Lucía el intenso cabello de color rojo recogido al azar con un broche y no llevaba maquillaje.

La maternidad le sentaba de maravilla.

Se hizo a un lado para dejarlo pasar.

–Disculpa el desorden, pero acabo de acostar a Max y aún no he tenido tiempo de ordenar.

No bromeaba. Daba la impresión de que una bomba hubiera caído en el salón. No tenía idea de que un solo niño pudiera jugar con tantos juguetes.

–Parece que hubiera habido una docena de niños aquí –se quitó la cazadora y la colgó del perchero.

–En realidad, cinco. Era día de juegos y mi semana de ser anfitriona.

—¿Día de juegos?

—Ya sabes, un grupo de padres se reúne con sus hijos y los deja jugar juntos. Aunque mi vecina Jenny y yo somos las únicas madres de verdad. Otras dos son niñeras y una es una *au-pair* francesa. Jenny y yo estamos convencidas de que la *au-pair* se acuesta con el padre del bebé. Y una de las niñeras nos contó que la pareja para la que trabaja está al borde del divorcio y que él ahora duerme en el cuarto de invitados.

—¿Max no es un poco pequeño para jugar con otros niños –preguntó.

—Nunca es demasiado pronto para hacer que los niños desarrollen su vida social.

—¿No tienes una canguro?

—Me encanta estar con Max y me encuentro en una posición en la que ahora no tengo que trabajar. Me gustar ser madre a tiempo completo. No es que haya sido fácil, pero sí valioso.

La madre de él había estado demasiado ocupada con sus galas benéficas y sus diversos grupos como para prestarle demasiada atención a sus hijos.

Le indicó el salón.

—Pasa y siéntate. ¿Te apetece beber algo?

Probablemente le sentaría bien una copa, pero ninguna cantidad de alcohol iba a hacer que fuera más fácil.

—No, gracias.

Esperó hasta que él se sentó en el sofá y luego ocupó el borde de una silla.

—Bueno, ¿has tomado una decisión?

—Sí —apoyó los codos en las rodillas y se frotó las palmas de las manos. No estaba seguro de cómo se tomaría Ana su respuesta—. Me gustaría un período de prueba.

Ella enarcó las cejas.

—¿Un período de prueba? No hablamos de ser socio de un gimnasio, Nathan. Es un bebé. Un ser humano.

—Razón por la que creo que entrar de lleno sería una mala idea. No sé nada sobre ser padre. Como tú bien señalaste, jamás planeé tener familia. Por lo que sé, podría ser un padre horrible. Me gustaría la oportunidad de probarlo durante unas semanas, pasar un tiempo con Max y ver cómo me acepta.

—Max tiene nueve meses, adora a todo el mundo.

—De acuerdo, entonces, quiero ver cómo lo acepto yo a él.

—¿Y si no lo… aceptas? Entonces, ¿qué?

—No sé… —movió la cabeza.

—Sé que esperabas una respuesta más definitiva, pero de verdad creo que es el mejor modo de hacerlo —suspiró—. No sé si estoy preparado. He cometido muchos errores en mi vida, Ana, y esto es demasiado importante para fastidiarlo.

—Doy por hecho que también está la cuestión de cómo se verá en el trabajo.

—No negaré que fue un factor para mi decisión. Nuestro actual presidente ejecutivo se jubila y yo soy uno de los pocos que compiten por el puesto. No quiero agitar el bote.

—De modo que es por trabajo —no se molestó en ocultar la amargura en su voz.

—He de tomar en consideración todo —confirmó él—. Pero, en última instancia, esto trata sobre lo que es mejor para nuestro hijo.

Oír a Nathan referirse a Max como a nuestro hijo hizo que Ana sintiera un nudo en el corazón. Durante mucho tiempo había sido «su hijo». No estaba segura de hallarse preparada para abandonar eso, para compartirlo. Pero lo que ella deseaba no tenía nada que ver. Lo único que importaba era lo mejor para Max.

Si quería ser justa, ella había dispuesto de nueve meses para acostumbrarse a la idea de ser madre. A él le habían arrojado un hijo en el regazo sin previa advertencia y en ese momento esperaba que tomara una decisión que tendría un impacto tanto en él como en el pequeño para el resto de sus vidas.

¿Podía culparlo por decantarse por el lado de la cautela? Era evidente que había pensado mucho en el asunto y parecía tener en mente lo mejor para Max. Por no mencionar que Nathan había mostrado vulnerabilidad, algo que debía haberle resultado duro. Era un hombre triunfador y muy respetado. Reconocer que tal vez no diera la talla como padre no debía de haberle resultado fácil. Alabó su honestidad.

—Supongo que un período de prueba es lógico —le dijo—. Visitas supervisadas, por supuesto.

–Por supuesto –coincidió él.

Lo que significaba tener que pasar tiempo con Nathan. El simple hecho de tenerlo en su casa, recordando todas las veces que habían estado allí juntos, hizo que se sintiera hueca por dentro. Sola. Desde que rompieran, ni siquiera había mirado a otro hombre. En las funciones sociales a las que había ido con su padre, los hombres habían tratado de entablar conversaciones con ella, de invitarla a bailar, pero, simplemente, no estaba interesada.

Si un año y medio no había evaporado sus sentimientos por Nathan, quizá estaba destinada a amarlo siempre. O tal vez estar cerca de él haría que comprendiera que no era tan maravilloso como solía pensar. Debía tener defectos. Quizá todo ese tiempo lo había hecho crecer en su mente, convirtiéndolo en algo que no era.

La llenó una sensación renovada de esperanza. Tal vez eso terminara resultando positivo para ella. Pero debían ir con cautela.

–También creo que sería mejor que nadie estuviera al tanto de esto –le dijo.

Él se mostró aliviado, probablemente porque le preocupaba su puesto en Western Oil. Pero había más.

–Creo que es una buena idea –corroboró.

–Debemos ir con sumo cuidado. Estas cosas tienen la tendencia a estallar y eso podría ser devastador para Max.

–Es un bebé. No podrá leer el periódico.

–Todavía. Pero algún día lo hará. Si por cualquier motivo tú decides que no puedes formar parte de su vida, no quiero que sepa de tu existencia. Si tu identidad se revela ahora, puedes apostar que con el tiempo lo sabrá. Además, mi padre adora a Max, pero como se enterara de que tú eres el padre, sabrá que nuestra aventura fue otro modo de desafiarlo. Por cuestión de principios nos desheredará a Max y a mí.

–¿Sigues tratando de ganar su afecto?

–Me importa un bledo lo que piense de mí, pero Max tiene un futuro en Birch Energy, si decidiera que es lo que quiere. Ahora mismo es su legado. No parece justo negárselo por mis propios y egoístas motivos.

–Sin embargo, si decido formar parte de su vida, te arriesgas a que pierda eso mismo.

–Porque sé que su verdadero padre es muy importante. Necesita una influencia masculina en su vida, y en la actualidad mi padre es lo mejor que tiene. ¿Quién sabe? Quizá Max no esté destinado a fallarle. Conmigo, jamás pareció superar el hecho de que nunca fui el hijo que siempre había querido.

–¿Solo eso fui para ti? –preguntó él–. ¿Otra manera de desafiar a tu padre?

Al principio. Hasta que dejó de serlo. Hasta que se enamoró estúpida y perdidamente de él. Pero ese tendría que ser su pequeño secreto. Su orgullo dependía de ello.

–¿Tanto te sorprende?

–En realidad, no, teniendo en cuenta que los dos sabemos que no es verdad.

¿Y él? ¿Lo estimulaba hacer que las mujeres se enamoraran de él para luego partirles el corazón? ¿Era todo un juego para Nathan? ¿Y cómo debía reaccionar ella a su acusación? Si la rechazaba, daría la impresión de que estaba negando algo. Si reconocía la verdad... bueno, eso ni siquiera era una opción.

Se negó a darle la satisfacción de una respuesta.

–¿Qué días serían los mejores para que vieras a Max? –le preguntó Ana–. Se acuesta a las ocho, de modo que si quieres que sean las noches de los días de entre semana, tendrá que ser antes. También puedes los domingos por la tarde.

–Durante la semana será complicado. He estado a rebosar de trabajo. Tengo suerte si alguna noche puedo irme antes de las nueve.

–Nadie mencionó que fuera a ser fácil. Debes establecer prioridades.

Él respiró hondo y dijo:

–Si mañana voy temprano a la oficina, podré salir a las seis y media.

–Es un comienzo –confirmó ella.

–Mañana, entonces.

Siguió un silencio prolongado e incómodo, en el que ninguno parecía saber qué añadir.

Bueno, como supongo que eso está arreglado... –él se levantó del sofá.

–Ha sido un día largo, y no sé tú, pero a mí me sentaría bien una copa de vino –nada más pronunciar las palabras, supo que era una mala idea, pero aún no estaba preparada para que se marchara.

No puedes obligarlo a amarte, se recordó. Y no lo querría. Deseaba a alguien sin obstáculos con las relaciones, que la amara de forma incondicional. Si es que existía esa clase de hombre.

Nathan la estudió con una ceja enarcada.

–¿Me estás pidiendo que me quede?

Sí, mala idea.

–¿Sabes qué? Olvídalo. No creo…

–¿Tinto o blanco? Porque mi preferencia tiende al tinto.

No debería estar haciendo eso. Seguía siendo vulnerable. Solo se estaba preparando para que la hirieran. Por todo lo que sabía, él podía estar viéndose con alguien en ese momento. Quizá esa era parte del período de prueba.

«Defectos de carácter», se recordó. No podría encontrarlos si no pasaba al menos algo de tiempo con él.

Por esa vez… después, lo vería solo si Max se hallaba presente.

–Entonces, estás de suerte –le contestó–. Porque tengo ambos.

Capítulo Cuatro

Ella fue a la cocina y él se sentó. No estaba seguro de qué diablos creía estar haciendo. Había ido para hablar de su hijo, y una vez hecho eso, no tenían ningún motivo para quedarse. El problema radicaba en que no quería marcharse.

Quizá había llegado el momento de admitir lo que en el fondo siempre había sabido. Aún tenía sentimientos no resueltos acerca de su relación con Ana. A pesar de lo que probablemente pensaba ella, tampoco a él le había resultado fácil ponerle fin. Ana era la única mujer que alguna vez lo había hecho sentir casi una persona completa. Como si no tuviera que esconderse. Casi… normal. Pero sabía que al final sus demonios podrían con él, siempre era así, y ella vería la clase de hombre que realmente era. Conociéndola y sabiendo la clase de mujer que era, intentaría ayudarlo. Pero eso no funcionaría. No tenía arreglo. Y cuanto menos tiempo pasara con ella, mejor. En particular en situaciones en las que Max no actuara como parachoques. Entonces, ¿por qué no se levantaba, recogía su abrigo y se largaba de allí?

Ni él lo sabía. Aunque estaba seguro de que la sempiterna estupidez desempeñaba un buen papel.

—Entonces —comentó ella, desde la cocina—, ¿has mencionado que eres uno de los candidatos a presidente ejecutivo?

La miró. Se hallaba ante la encimera abriendo la botella.

—Es entre el director financiero, mi hermano Jordan y yo.

—Tu hermano, ¿eh? Eso tiene que ser difícil —el corcho se desprendió y ella sirvió el vino—. Si no recuerdo mal, vuestra relación siempre ha sido... complicada.

—¿Es el modo educado de decir que es un imbécil arrogante?

—Llegué a conocerlo en una gala para recaudar fondos el año pasado —explicó Ana mientras llevaba las dos copas al salón.

—¿Intentó seducirte?

—¿Por qué? ¿Celoso? —le entregó una copa y las yemas de sus dedos se tocaron cuando la recogió.

Fue algo inocente, pero él lo sintió hasta la médula de su cuerpo.

—Porque Jordan intenta seducir a todas las mujeres hermosas. No puede evitarlo.

—Creo que asistió con una cita.

Nathan se encogió de hombros.

—Eso nunca lo ha detenido.

—No, no trató de seducirme. Aunque quizá tuviera algo que ver el hecho de que estaba embarazada de ocho meses y era grande como una casa.

—De algún modo, tampoco puedo ver que eso lo detenga.

–Vamos, no es tan malo –comentó, riendo.

No solía serlo. De jóvenes, Nathan había sido quien lo había protegido. Ya no recordaba la cantidad de veces que había asumido la culpa por cosas que su hermano había hecho para protegerlo de la ira de su padre o se había interpuesto entre los puños de este y Jordan. Siendo el hermano mayor, sentía que era su responsabilidad ampararlo, en especial porque era una persona tranquila y sensible. Un mariquita, solía llamarlo su padre. Pero en vez de la lealtad y gratitud que Nathan habría esperado, Jordan aprendió a ser un maestro manipulador, siempre acusándolo a él por las faltas cometidas. En casa y en el colegio. Se convirtió en el chico de oro incapaz de hacer algo malo y Nathan se había ganado la etiqueta de camorrista y alborotador. Después de todos esos años, aún lo quemaba.

–Jordan es Jordan –afirmó–. Jamás cambiará.

–¿Cuándo se anunciará al nuevo presidente ejecutivo? –inquirió Ana.

Hasta que no se completara la investigación de la explosión en Western Oil no se anunciaría, pero no podía decirle eso. Solo unos pocos sabían que dicha investigación estaba en curso. La explosión la causó un equipo defectuoso, un equipo que acababa de ser comprobado una y otra vez para garantizar su seguridad, y como resultado de ello trece hombres habían resultado heridos. La junta estaba convencida de que había sido un trabajo desde dentro, y sospechaba que Birch Energy, específicamente el padre de Ana, era el responsable. El objetivo era desenmascarar al culpable. Pero había sido un proceso arduo, lento y frustrante.

—No nos han dado una fecha definitiva —le dijo a Ana—. Como mínimo, unos meses más.

—¿Y cómo te sentirías si recae en Jordan?

—No lo hará —en su opinión, de los tres candidatos Jordan era el menos cualificado y Nathan estaba seguro de que la junta pensaría lo mismo. Jordan había recurrido al encanto personal para llegar donde estaba en ese momento, pero eso solo lo llevaría hasta un punto.

—Suenas muy seguro.

—Porque lo estoy. Y no te ofendas, pero no quiero hablar de mi hermano.

—De acuerdo. ¿De qué quieres hablar?

—Quizá podrías contarme algo sobre mi hijito.

—De hecho, podría hacer algo mejor —dejó la copa de vino, se levantó de la silla y cruzó el salón hacia la biblioteca. Sacó un libro grande de la estantería y volvió junto a él.

Él esperaba que se lo diera, pero Ana se sentó a su lado, tan cerca que sus muslos casi se tocaban.

Prefería tenerla frente a él.

—¿Qué es? —preguntó.

Dejó el álbum sobre su regazo y lo abrió en la primera página.

—El libro de Max de bebé. Tiene fotos y notas. He estado trabajando en él desde antes de que naciera.

Quedaba claro desde las primeras páginas, ya que consistía de fotos en sus diferentes fases del embarazo, e incluso una de la prueba de embarazo que daba positivo.

–Se te veía muy bien –dijo él.

–Tuve muchas náuseas el primer trimestre, pero después de eso me sentí estupendamente.

La siguiente hoja era toda de ecografías, con una que mostraba con claridad que el bebé era un niño, y notas que ella había tomado después de las visitas a la doctora. Las páginas siguientes eran todas de Max. Se dijo que quizá no fuera objetivo, pero Max era un crío precioso. Pero mientras Ana seguía pasando las páginas, descubrió que cada vez la miraba más a ella. Dieciocho meses atrás ni se le habría pasado por la cabeza alargar la mano para colocarle un mechón suelto detrás de la oreja. Acariciarle la mejilla, la columna del cuello. Posar los labios sobre la delicada protuberancia de la clavícula…

Maldijo para sus adentros. Habría pensado que con el tiempo el deseo por ella habría disminuido, pero el impulso de ponerle las manos encima era tan poderoso como siempre. Y por el bien de ambos, no podía.

–Es un niño precioso –dijo al cerrar el álbum–. De hecho, se parece mucho a Jordan a su edad.

Ella se levantó y guardó el álbum en su sitio. Una parte de él esperó que regresara al sofá y se sentara a su lado, y la decepción que experimentó cuando no lo hizo, le indicó con claridad que era hora de que se largara de allí. Debería estar concentrándose en su hijo, pero solo podía pensar en ella.

Se bebió el resto del vino y se puso de pie.

–Es tarde –anunció, aunque apenas eran pasadas las nueve–. Mi mañana empieza temprano. Debería irme.

Sin parecer decepcionada, lo acompañó a la puerta.

–Entonces, ¿te veremos mañana alrededor de las siete? –preguntó Ana.

–O antes, si me las arreglo –se puso la cazadora y ella le abrió la puerta.

–Me alegro de que hayas venido esta noche –comentó ella.

–Yo también –se detuvo justo más allá del umbral.

–Y hablaba en serio acerca de la elección que haces. Incluso después de esto, si decides que no puedes llevarlo a cabo, no te lo reprocharé. Ser padre es duro. Requiere toneladas de sacrificios.

–Suena como si intentaras disuadirme.

–También es la experiencia más gratificante que jamás he tenido. Te cambia de un modo que nunca esperarías. Cosas que solía pensar que eran importantes ya no me lo parecen. Ahora todo gira en torno a él.

No estaba seguro de poder hacer de un niño el centro de su vida.

–Ya sí que empiezas a asustarme.

Ella sonrió.

–Sé que suena intimidador, y en cierto sentido lo es. Cuesta explicarlo. Supongo que lo sentirás o no.

–Supongo que tendremos que esperar hasta comprobarlo.

–Supongo –corroboró ella.

Se hallaba con un pie en el porche cuando ella lo agarró del brazo.

–Nathan, espera.

Se volvió hacia ella. Si Ana fuera inteligente, no lo tocaría, pero el daño ya estaba hecho. En ese momento él solo podía pensar en tomarla en brazos y abrazarla antes de pegar los labios a los suyos.

–Cuando estábamos mirando el álbum de Max, comprendí lo mucho que había cambiado en estos nueve meses y en lo mucho de su vida que ya te has perdido. Solo quería decir… quería que supieras que… –luchó con las palabras–. Lo… siento.

Era algo que él no se esperaba y la sorpresa debió reflejarse en su cara, porque ella se apresuró a añadir:

–Sigo manteniendo que todo lo que hice fue lo mejor para Max.

–De modo que… no lo sientes.

–Lo hice pensando en lo mejor para Max, pero eso no significa que no fuera un error.

Quizá había algo que estaba mal en él, pero verla con esa humildad le resultó excitante.

Se inclinó levemente hacia ella, solo para probar las aguas, para ver cuál sería su reacción. Abrió un poco más de la cuenta los ojos y vio que contenía el aliento. Estaba seguro de que retrocedería, pero a cambio sus pupilas se dilataron y sacó la lengua para humedecerse los labios.

No era exactamente la reacción que había esperado. ¿O sí? Podía ser realista o podía ser inteligente. Si era realista, si se inclinaba y la besaba, ella le devolvería el beso y aunque necesitaran una noche, o cinco, terminarían en la cama.

Lo inteligente sería retroceder mientras aún podía hacerlo y eso era exactamente lo que planeaba hacer. Pero no fue fácil.

–Debería irme.

–De acuerdo –ella asintió algo aturdida.

–A menos que vengas conmigo –bajó la vista a la mano de ella–, vas a tener que soltarme el brazo.

–Lo siento –parpadeó y retiró la mano, ruborizándose a la luz del porche.

Ana no era de las mujeres que se ruborizaba. Irradiaba seguridad y carecía de vergüenza... al menos por fuera. No pudo decidir quién era más excitante, la seductora imperturbable o la muchacha vulnerable.

De modo que Nathan se apartó.

–Nos vemos mañana.

Ella asintió.

–Nos vemos mañana.

Comenzó a bajar las escaleras y se detuvo en el momento en que ella comenzaba a cerrar la puerta.

–Eh, Ana.

–¿Sí.

–Disculpas aceptadas.

Capítulo Cinco

La preocupación que Ana había dedicado a pensar que Nathan y Max pudieran no establecer un vínculo, había sido una gran pérdida de tiempo.

Max lo adoraba. Había quedado absolutamente fascinado con él desde el segundo en que había cruzado la puerta, y dedicar las últimas dos horas a verlos jugar había sido la experiencia más enternecedora, confusa y aterradora de su vida.

Para alguien con tan poca experiencia con bebés, Nathan hacía todo bien. Era gentil y paciente, pero no temía jugar con Max, quien estaba acostumbrado, por no decir que vivía para ello, a armar jaleo con los otros niños. Ni siquiera pareció importarle cuando Max lo manchó con trozos masticados de gofre ni cuando le mojó el pantalón de su vaso de zumo.

En realidad, Max se hallaba tan concentrado en él, que ella había dejado de existir y no pudo evitar sentirse aislada. De hecho, se sintió aliviada cuando llegó el momento de acostar a su hijo. Al menos así podría tener algunos momentos íntimos con él cuando lo arropara, pero entonces Nathan preguntó si podía ayudar a preparar al pequeño para acostarse. Desde el día en que salió del hospital, el momento de meter a Max en la cama había sido un ritual que siempre habían compartido solo ellos dos. Aunque sabía que se suponía que todo eso era para que llegaran a conocerse, no pudo evitar sentirse un poco celosa. En especial después de ponerle el pijama y que Max alargara los brazos hacia Nathan para que este lo acostara.

—¿Qué debería hacer ahora? —preguntó Nathan.

—Acostarlo y taparlo —le dio un beso a su hijo y observó desde la entrada de la habitación mientras Max obedecía con cierta torpeza en sus movimientos.

—Buenas noches, Max —dijo, sonriéndole con el mismo hoyuelo que se reflejaba en la carita del pequeño.

Y aunque Ana se moría por acercarse a la cuna para darle otro beso y asegurarse de que estaba bien arropado y decirle que lo quería, sabía que debía dejar que padre e hijo tuvieran su tiempo juntos.

No había tenido idea de que resultaría tan duro.

—¿Ya está? —quiso saber Nathan.

Ella asintió y apagó la lámpara de la cómoda.

—Se quedará dormido de inmediato.

Él la siguió al salón. Las cosas había ido realmente bien esa noche, entonces se preguntó por qué se sentía al borde de una fusión emocional. ¿Por qué las lágrimas amenazaban con salir?

Tener a un papá en su vida no significaba que Max fuera a quererla menos.

—Es un chico estupendo —alabó Nathan.

—Lo es —convino ella. Fue a la cocina para meter

los platos en el lavavajillas con la esperanza de que Nathan captara la indirecta y se marchara. En cambio, la siguió.

—Parece que todo ha ido bien —comentó mientras se apoyaba en la encimera al lado de la cocina, con ella dándole la espalda.

—Muy bien —convino ella, conteniendo las lágrimas que querían acumularse en sus ojos. «Para, Ana, estás siendo ridícula». Nunca era tan emocional. Era más dura que eso.

—Ana, ¿sucede algo? —preguntó él tras unos momentos de silencio.

—Claro que no —la voz chillona fue innegable en ese momento, al igual que la lágrima que cayó por su mejilla. Dios mío, se comportaba como un bebé. Hacía tiempo que había aprendido que llorar no la llevaría a ninguna parte. Su padre carecía de tolerancia para las exhibiciones emocionales.

Nathan le apoyó una mano en el hombro y consiguió que se sintiera peor.

—¿He hecho algo mal?

Ella movió la cabeza. La aprensión en la voz de él hizo que se sintiera como una idiota. La preocupación de Nathan era sincera y merecía una explicación. Lo que pasaba era que no sabía qué contarle. No sin sonar como una boba.

—Ana, háblame —la hizo girar para tenerla de frente—. ¿Estás llorando?

—No —afirmó mientras se secaba los ojos con la manga de la camisa. Como si negarlo pudiera hacer que las lágrimas fueran menos reales.

—Me siento confuso. Creía que esta noche había ido todo bien.

—Y así ha sido.

—Entonces... ¿por qué las lágrimas? ¿Empiezas a arrepentirte de todo eso?

—No es eso —movió la cabeza.

—Entonces, ¿qué es? ¿Por qué estás tan perturbada?

Ella se mordió el labio y miró al suelo.

Él apoyó las manos en sus hombros.

—Ana, no podemos hacer esto si no me lo explicas.

«Por favor, no me toques», pensó. Así solo empeoraba las cosas.

—Si he hecho algo mal...

—¡No! Has hecho todo bien. Max te adora. No podría haber salido más perfecto.

—¿Y piensas que eso es malo?

—No exactamente.

Nathan frunció el ceño confundido. Lo que oía no tenía sentido.

—Desde que Max nació, hemos sido nosotros dos. Él depende de mí para todo. Pero esta noche, al veros juntos... —la voz se le quebró y se reprendió por esa fragilidad—. Supongo que estaba celosa. No sé qué haría si Max no me necesitara más.

—Por supuesto que te necesita.

Ella se encogió de hombros y derramó más de esas estúpidas lágrimas.

Él maldijo en voz baja y la abrazó. Fue una sensación tan agradable. Al infierno con ser fuerte. Deseaba eso. Lo había anhelado durante tanto tiempo. Lo rodeó con los brazos y sintió como si nunca quisiera soltarlo. Cerró los ojos y aspiró la fragancia de Nathan, frotó la mejilla contra la sólida calidez de su torso. Resultaba tan familiar, y perfecto.

Se dijo que era patética. Ni siquiera intentaba oponer la más mínima resistencia. Y Nathan no facilitaba las cosas. En vez de apartarla, la abrazaba con más fuerza.

–Creo que solo soy una novedad –dijo–. Un juguete nuevo con el que jugar.

–No, de verdad que le encantaste. Es como si percibiera quién eres –lo miró–. Y eso es bueno. Es como debería ser. Es lo que quiero. Me estoy comportando de forma estúpida.

–Estoy seguro de que lo que sientes es absolutamente normal.

En vez de hacer que lo odiara, hacía todo bien. ¿Dónde estaban los defectos que se suponía que debía encontrar en él?

–Tienes que dejar de ser tan amable conmigo –dijo ella.

Él sonrió.

–¿Por qué?

–Porque haces que me sea imposible odiarte.

–Quizá no quiero que me odies.

Tenía que hacerlo. Era su única defensa.

Sonó el teléfono, y comprendió que debía ser Beth, que llamaba para evitar que cometiera alguna estupidez.

Demasiado tarde.

Rodeó el cuello de Nathan y le bajó la cabeza para besarlo. Él no mostró ni un ápice de vacilación. Bloqueó de su cerebro el sonido del teléfono y el susurro de sus propias dudas y se concentró en la suavidad de los labios de él, del sabor de esa boca. Santo cielo, no había duda de que sabía besar. Era tierno y al mismo tiempo exigente. Era adictivo, como una droga, y ella solo podía pensar en más. Su cuerpo anhelaba el contacto de él.

Las manos grandes de Nathan la alzaron del suelo y de pronto sus glúteos aterrizaron en la superficie dura de la encimera e instintivamente le rodeó la cintura con las piernas.

Quería estar más cerca de él. Necesitaba sentir que los pechos se le aplastaban contra el muro duro de ese torso. Nathan la agarró del trasero y la pegó a él, atrapando la protuberancia rígida de su erección contra el estómago. Subió las manos por el bajo de la blusa que llevaba ella y posó las palmas cálidas en la cintura.

Necesitaban estar desnudos ya. Quería sentir la piel de él, los bordes duros de los músculos que solían ser tan familiares como su propio cuerpo. Le liberó el bajo de la camisa de la cintura de los vaqueros; Nathan debía de tener lo mismo en la mente, porque le estaba sacando la blusa por la cabeza…

Entonces sonó el timbre, seguido de unos golpes urgentes a la puerta.

Nathan quebró el beso y retrocedió.

–Creo que ha venido alguien.

Ella se dijo que no era justo. Quizá si soslayaran

la llamada, la persona se marcharía. Se quedaron inmóviles, a la espera. El timbre volvió a sonar, seguido de más llamadas a la puerta. A ese ritmo, quienquiera que fuera, iba a despertar a Max.

–Será mejor que vaya a ver quién es –le dijo a Nathan. Así podría matarlos.

Se enderezó la blusa y fue hacia la puerta en el momento en que el timbre volvió a sonar. Abrió de golpe y encontró a Beth de pie en el porche, con la mano preparada para volver a llamar y el teléfono móvil al oído. En cuanto lo cerró, el teléfono de la casa dejó de sonar.

–¡Hola! –saludó con entusiasmo y pasó al lado de Ana para entrar en el recibidor–. Andaba por el barrio así que se me pasó por la cabeza venir a visitarte.

¿En el barrio? ¿A las nueve menos cuarto de un día entre semana? Beth vivía a veinte minutos de ella Por las llamadas frenéticas, era evidente que algo la impulsaba y Ana sabía exactamente qué.

Beth miró más allá de su prima y los ojos se le abrieron de forma imperceptible.

Ana giró y vio que Nathan iba hacia la puerta, todo él arreglado y compuesto. Con mirarlo, nadie habría adivinado lo que habían estado a punto de hacer.

–Hola, Beth –saludó.

–Hola, Nathan, no sabía que estabas aquí.

Y un cuerno, y Ana pudo ver que la credulidad de Nathan era igual que la suya.

–¿Mi coche en la entrada no te dio una pista? –inquirió.

—Oh, ¿ese es tu coche? —miró a Ana—. Espero no haber venido en un mal momento.

Eso era exactamente lo que esperaba.

—De hecho, me marchaba —Nathan recogió su cazadora del perchero.

—Beth, ¿quieres disculparnos un momento?

—Por supuesto.

Ana lo siguió al porche y cerró la puerta.

—No tienes que irte. Puedo deshacerme de ella.

—¿Realmente es lo que quieres?

Su primer instinto fue dar un sí rotundo, pero algo hizo que se detuviera y reflexionara en lo que preguntaba. Treinta segundos atrás habría estado segura en un cien por cien. Pero una vez que había dispuesto de un minuto para calmarse, para pensar de forma racional, tenía que preguntarse si cometía un error. Se acostaría con él, ¿y luego qué? ¿Mantener otra breve aventura que terminaría en un mes con su corazón otra vez deshecho? ¿Unas semanas de sexo fantástico justificaba eso? Primero debía saber si decidía quedarse para ver a Max, algo que los mantendría juntos mucho tiempo.

—Creo que ambos sabemos que solo complicaría las cosas —dijo él.

—Tienes razón —corroboró, cruzando los brazos ante una súbita ráfaga de aire frío. O quizá era su corazón al congelarse.

—¿Sigue en pie lo del domingo? —inquirió él.

—Por supuesto. ¿A qué hora te viene bien a ti?

—¿Qué te parece si me paso al mediodía? Traeré el almuerzo.

Eso proyectaba un plan de familia. Los tres comiendo y pasando la tarde juntos. Pero no quería desanimarlo, no después de que Max y él se llevaran tan bien.

–Mmm, claro. Será estupendo.

–Fantástico. Nos vemos el domingo.

Bajó del porche a la oscuridad, y aunque sintió la tentación de quedarse a ver cómo se marchaba, tenía que ocuparse de Beth. Regresó dentro y encontró a su prima en la cocina sirviéndose una copa de vino.

–¿Un día duro?

–No es para mí –Beth tapó la botella con el corcho y volvió a guardarla en la nevera. Luego le extendió la copa a Ana–. Es para ti. Das la impresión de necesitarla.

Y así era. La aceptó.

–Doy por hecho que no andabas por el barrio por casualidad, ¿no?

–Digamos que sentí la corazonada que una llamada de teléfono no lo conseguiría. Era demasiado fácil de soslayar si ya estabas ocupada. Además, siempre he preferido el enfoque directo.

Ana bebió un buen trago antes de dejar la copa en la encimera.

–Buena idea.

–Si no hubiera aparecido, te habrías acostado con él, ¿verdad?

Había estado a dos segundos de haberlo arrastrado a su dormitorio. O de hacerlo allí mismo en la cocina. Lo que habría sido una novedad.

Su expresión debió ser reveladora, porque Beth cruzó los brazos y añadió:

–Olvídate de Max. Eres tú quien necesita visitas supervisadas.

–No, porque no va a repetirse. Acabamos de decidir que complicaría demasiado las cosas.

–Él dice eso ahora…

–No, habla en serio. Creo que fue su manera cortés de indicarme que no está interesado.

Beth frunció el ceño.

–Entonces, ¿por qué intentar seducirte?

–No lo hizo.

Su prima pareció confusa, luego abrió mucho los ojos.

–¿Tú lo sedujiste?

–Lo intenté –se encogió de hombros. Supuso que el abrazo del otro día no había sido más que un gesto amigable. No la había querido dieciocho meses atrás y tampoco la quería en ese momento.

–Oh, Cariño –Beth la abrazó.

Se dijo que ese día estaba recibiendo un montón de abrazos.

–Soy tan estúpida.

–No, no lo eres –la apartó toda la extensión de sus brazos–. Él es el estúpido por dejar que te fueras. No te merece.

–Sin embargo, aún lo amo. Soy patética.

–Solo quieres ser feliz y que tu hijo tenga lo que tú te perdiste. Una familia completa y unida. No hay nada de patético en eso.

Capítulo Seis

Toda la tarde del martes Nathan estuvo sentado en su despacho mirando en su teléfono las fotos que Ana le había enviado por correo electrónico de su visita del domingo. Aunque el jueves había pasado un par de horas con el pequeño y casi todo el día del domingo en la casa de ella, no terminó de sentir el vínculo que había empezado a formarse entre Max y él hasta que vio las fotos de los dos juntos. Hasta ese momento no se había dado cuenta de lo parecidos que eran. No solo en las facciones, sino en los gestos y en el modo de actuar. Y no había notado la adoración que había en los ojos de Max cuando lo miraba. Tampoco Nathan podía negar el tirón de afecto paternal que comenzaba a sentir.

Había esperado disponer de la oportunidad de hablar sobre lo sucedido entre ellos el jueves por la noche, pero Ana apenas se había dejado ver. Había pasado casi todo su tiempo en la habitación con toda su parafernalia de recortes, actualizando el álbum infantil de Max. Las pocas veces en que él había intentado entablar una conversación, había cortado de raíz. Al parecer no le había costado ningún esfuerzo olvidar aquel beso.

No estaba seguro de la clase de juego que practicaba con él. Lo único que deseaba era poder aislar sus sentimientos con igual facilidad.

Intentó que lo invitara a cenar el domingo, pero ella no mordió el anzuelo. Dijo que tenía planes para la velada, aunque no los mencionó. Él había esperado una tranquila cena familiar, arropar otra vez a Max en la cama y luego relajarse con Ana y una copa de vino y charlar.

Llamaron a la puerta de su despacho. Alzó la vista y vio entrar a su hermano.

–Hola, ¿cómo estás?

–¿Te ha llamado mamá?

–Estando en una reunión. No he tenido la oportunidad de devolverle la llamada. ¿Sucede algo?

–No. Quiere que este año seas tú quien lleve el vino.

–¿El vino?

Jordan rio.

–Para la cena de Navidad. Es en una semana desde este sábado.

–¿En serio? –Nathan miró su calendario de mesa. Le parecía que apenas había pasado una semana desde Acción de Gracias. Y, con franqueza, cenar con su madre una vez al año era más que suficiente–. Puede que este año tenga la gripe.

–Si yo tengo que ir, tú también.

–Se me ocurre una idea. ¿Qué te parece si no vamos ninguno?

–Es nuestra madre.

–Nos dio a luz. La niñera fue nuestra madre. Quizá deberíamos ir a cenar con ella.

—Es Navidad —le recordó Jordan—. Tiempo de perdón.

Suspiró y se reclinó en el sillón.

—Perfecto. La llamaré y se lo comunicaré.

—¿Le compramos un regalo?

—¿Qué te parece una placa que ponga Madre del Año?

—Muy gracioso.

—¿No es suficiente que vaya a pasar una velada entera con ella?

—¿Te va a molestar si yo le compro algo?

—En absoluto.

—Bien, ¿algo nuevo en la investigación? —preguntó Jordan sin rodeos.

Nada que Nathan pudiera contarle. Aunque Adam y la junta habían prometido mantener a Jordan en la ignorancia, necesitaba una negativa plausible. Jordan era el oficial de operaciones y trabajaba en contacto estrecho con los hombres de la refinería. Estos lo respetaban y confiaban en él. Si sabían que entre ellos había operarios de una agencia trabajando de incógnito y consideraban que Jordan era parte de ello, ese respeto y confianza se perderían. Era algo demasiado importante para sacrificarlo, en particular en ese momento.

Además, el último informe que le habían entregado no había realizado ningún progreso acerca de quién había manipulado el equipo. Y Jordan había dado la impresión de sentirse ansioso últimamente por obtener resultados. Valoraba a todos los hombres de la refinería y no quería creer que alguien en quien confiaba podía ser el responsable de la explosión.

—Nada nuevo —le contó a su hermano.

—Si lo hubiera, ¿me informarías? —su hermano no contestó. Jordan movió la cabeza—. Era lo que imaginaba.

Si por un segundo creyera que podría confiar en su hermano, le contaría la verdad, pero Jordan solo emplearía la información para lograr un beneficio propio. Para él todo era una competencia. Esa era la razón por la que tenía la convicción de que Jordan luchaba por el puesto de presidente ejecutivo en Western Oil. Era una especie de retorcida rivalidad fraternal.

—¿Algo más? —le preguntó Nathan.

—No, eso es todo —dijo, y de camino hacia la puerta añadió—: No te olvides de llamar a mamá.

Probablemente debería hacerlo en ese momento antes de olvidarlo. Con algo de suerte, podría lograr que fuera breve. Alzó el auricular y llamó a su casa; contestó el ama de llaves.

—Su madre se encuentra en el club de *bridge*, señor Everett. Puede probar llamándola al móvil.

—¿Podría comunicarle usted que recibí su mensaje y que llevaré el vino para la cena de Navidad?

—Desde luego, señor.

Después de colgar, sopesó todo el trabajo que debía llevar a cabo esa tarde con pasar el tiempo con Max y Ana. Ellos ganaron.

Apagó el ordenador, se levantó y recogió el abrigo. Su secretaria, Lynn, alzó la vista cuando pasó al lado de ella, sorprendida de verlo con el abrigo puesto.

—Hoy me voy temprano. Por favor, ¿podrías cancelar mis citas para el resto del día?

—¿Va todo bien? —preguntó preocupada.

Era triste que estuviera tan atado al trabajo que su secretaria no pudiera dejar de pensar que algo iba mal si se marchaba temprano.

—Perfecto. Tengo algunas cosas personales de las que ocuparme. Mañana llegaré temprano. Llámame si surge algo urgente.

De camino al ascensor, se encontró con Adam, el presidente ejecutivo.

Adam miró su reloj de pulsera.

—¿Me he quedado dormido sobre mi escritorio? ¿Ya son las ocho pasadas?

Nathan sonrió.

—Me voy temprano. Tiempo personal.

—¿Va todo bien?

—Solo unas pocas cosas de las que necesito ocuparme. A propósito, ¿cómo está Katie? —la esposa de Adam, Katie, vivía a dos horas de distancia en Peckins, Texas, una pequeña comunidad agrícola, donde Adam y ella estaban construyendo una casa y esperando el nacimiento de su primer hijo.

—De maravilla. Ya empieza a ponerse enorme.

Estaba seguro de que la relación a larga distancia debía de ser dura, pero la sonrisa radiante de Nathan le indicó que estaban logrando que funcionara.

—De hecho, esta semana se encuentra en la ciudad –indicó Adam–. Estaba pensando en organizar una pequeña reunión el sábado. Solo para unas pocas personas del trabajo y un par de amigos. Espero que puedas venir.

Había pensado en pasar el sábado por la noche con Ana y Max, pero con el puesto de presidente ejecutivo en juego, no era el momento de rechazar invitaciones del jefe.

–Comprobaré mi agenda y te lo comunicaré.

–Sé que es una invitación de último minuto. Intenta venir si puedes.

–Lo haré.

En un abrir y cerrar de ojos aparcó ante la casa de Ana. Al ir al porche, lo envolvió una ráfaga de viento frío del norte. Llamó a la puerta, con la esperanza de que no se enfadara por presentarse sin haberse anunciado con antelación.

Abrió con Max apoyado en una cadera, claramente sorprendida de verlo.

–Nathan, ¿qué estás…? –calló, notando su pelo revuelto y la ropa informal–. Vaya. Eres tú, ¿verdad?

Pero el pequeño no mostró ninguna confusión ni sorpresa. Chilló encantado y se lanzó hacia él. Ana no tuvo más opción que entregárselo.

–Hola, amigo –saludó Nathan, besándole la mejilla, y le dijo a Ana–: Hoy he salido temprano, así que pensé que podría pasarme para ver qué hacíais.

Ella retrocedió para dejarlo pasar y cerrar ante el frío. Llevaba puestos unos vaqueros ceñidos y una sudadera, descalza y con el pelo recogido en una coleta. «Es bonita», tuvo que reconocerse él. El deseo de tomarla en brazos y darle un beso fue tan fuerte como lo había sido hacía un año y medio.

–¿Que has salido temprano? –repitió Ana–. Creía que estabas agobiado de trabajo.

Se encogió de hombros.

–Pues mañana llegaré antes.

–Pero no teníamos organizada una visita.

–Quería ver a Max. Supongo que lo echaba de menos. Pensé que valía la pena correr el riesgo y comprobar si estabas ocupada.

–Se puede decir que tenemos planes. Íbamos a tomar una cena temprana y luego ir a comprar un árbol de Navidad.

–Suena divertido –dijo, más o menos invitándose.

–Tú odias las fiestas –afirmó ella.

–Bueno, quizá ya es hora de que alguien me haga cambiar de parecer. ¿Sigue abierto ese local tailandés que tanto te gustaba?

–Sí.

–Pues pediremos que nos traigan algo.

Sentada en el sofá, Ana escuchaba música navideña en la televisión por cable mientras observaba a Nathan montar el árbol.

Se dijo que probablemente había sido una mala idea invitarlo a ir a buscar árboles con ellos. Cuanto más lo veía, más le costaba mantener a raya sus sentimientos, pero Max se había mostrado tan feliz de verlo, y también Nathan al pequeño. No tuvo el valor para decirle que se fuera.

Pero al final tuvo que preguntarse si lo hacía por Max o por ella. De vuelta a casa el pequeño se había quedado dormido en el coche y nada más llegar se había ido directo a la cama, de modo que no había un motivo real para que Nathan estuviera allí. Ella era perfectamente capaz de montar el árbol. Entonces, ¿por qué cuando él se ofreció para hacerlo había aceptado?

Porque quería que fueran una familia, lo anhelaba tanto que había dejado de pensar de forma racional.

—Y bien, ¿qué te parece? —preguntó él, bajando para admirar su trabajo—. ¿Está recto?

—Está perfecto.

Nathan recogió la taza de chocolate de la cómoda donde la había dejado y se sentó junto a ella. Apoyó un brazo en el cojín detrás de la cabeza de Ana. Y estaba sentado de tal manera que sus muslos casi se tocaban. ¿Por qué no se marchaba? ¿Sería grosero pedirle que se fuera?

—Me he divertido esta noche —dijo él, sonando sorprendido.

—¿Significa eso que estás cambiando de parecer acerca de las fiestas?

—Tal vez. Al menos es un comienzo.

—Bueno; entonces, quizá debería dejar que nos ayudaras a decorar mañana el árbol.

¿De verdad acababa de decir eso? ¿Qué le pasaba? Era como si su cerebro funcionara de forma independiente que su boca.

Nathan sonrió.

–Puede que te tome la palabra.

–¿Qué es lo que te desagradaba tanto de la Navidad?

–Digamos que nunca fue una experiencia familiar cálida.

–¿Sabes?, en todo el tiempo que te he conocido, ni una sola vez has hablado de tus padres –comentó ella–. Doy por hecho que hay una razón para ello. Quiero decir, de haber sido unos padres fantásticos, probablemente habría oído hablar de ellos, ¿no?

–Probablemente –convino. Luego silencio.

Si quería saber más, era obvio que tendría que sonsacárselo.

–Y bien, ¿siguen juntos?

–Están divorciados –Nathan se adelantó para dejar la taza en la mesita–. ¿Por qué ese súbito interés en mis padres?

–No sé –se encogió de hombros–, supongo que sería agradable saber algo sobre la familia del padre de mi bebé. En especial si el pequeño va a pasar tiempo con ellos.

–No lo hará.

–¿Por qué no?

–Mi madre es una elitista esnob y mi padre es un bravucón arrogante. Los veo dos o tres veces al año, y no he hablado con mi padre en casi una década.

Su padre jamás sería padre del año, pero no podía imaginar que no formara parte de la vida de ellos dos.

—Además —agregó Nathan—, no les gustan los niños. A Jordan y mí nos crio la niñera.

—Creo que si mi madre viviera, mis padres aún seguirían juntos —dijo—. Los recuerdo siendo realmente felices juntos.

De hecho, su padre jamás había superado el hecho de perder a su madre.

—Creo que los míos jamás fueron felices —reveló Nathan.

—Entonces, ¿por qué se casaron?

—Mi madre buscaba un marido rico. Yo nací siete meses después de la boda.

—¿Crees que se quedó embarazada a propósito?

—Según mi abuela, sí. De niño escuchas cosas.

Creía amar a Nathan, pero la verdad era que apenas conocía algo de él. Pero no le extrañó que la dejara. Si fuera él, ¡también lo habría hecho!

—Soy una persona horrible —dijo ella.

Él se mostró sinceramente desconcertado.

—¿De qué estás hablando?

—¿Por qué nunca antes te pregunté por tu familia? ¿Por qué no sabía nada de esto?

Él rio.

—Ana, no tiene importancia. En serio.

—Claro que la tiene —se tragó el nudo que se formó en su garganta—. Me siento fatal. Recuerdo hablar de mí todo el tiempo. Tú lo sabes casi todo de mí. ¡Mi vida es un condenado libro abierto! Y aquí tú, arrastrando todo este… equipaje sin que yo tuviera idea de ello. Podríamos haber hablado de ello.

–Quizá yo no quisiera.

–Claro que no. Eres un chico. Era mi responsabilidad sacártelo a la fuerza. Ni siquiera llegué a preguntártelo jamás. Nunca intenté conocerte mejor. Fui una novia horrible.

–No fuiste una novia horrible.

–Técnicamente, ni siquiera fui tu novia –se puso de pie y recogió las tazas vacías–. Solo fui una mujer con la que tenías sexo y que no paraba de hablar constantemente de ella.

Nathan la siguió a la cocina.

–No hablaste de ti tanto como crees. Además –añadió–, fue un sexo estupendo.

Capítulo Siete

Ana giró para mirar a Nathan, insegura de si bromeaba o hablaba en serio, de si reír o darle un puñetazo. Y fuera cual fuere su intención, dolía.–¿De verdad eso es todo lo que fue para ti? –preguntó–. ¿Un sexo estupendo?

Solo después de soltar las palabras se dio cuenta de lo pequeña y vulnerable que sonaba.

–¿Qué diferencia marca? –preguntó con ojos intensos–. Tú solo me usabas para desafiar a tu padre.

Debería haber imaginado que ese comentario regresaría para morderla.

–Y para que quede constancia –él se acercó y la atrapó contra el borde de la encimera–, no fue solo por sexo. Tú me importabas.

Sí, claro.

–Desde luego, dejarme fue un modo interesante de demostrarlo.

–Le puse fin por lo que sentía por ti.

–Eso carece de sentido –comentó desconcertada–. Si alguien te importa, no rompes con esa persona. No la tratas como si fuera lo mejor de tu vida un día y al siguiente le dices que se ha acabado.

–Sé que para ti no tiene sentido, pero hice lo que tenía que hacer. Lo mejor para ti.

¿Es que encima bromeaba?

–¿Cómo diablos sabes lo que es mejor para mí?

–Hay cosas sobre mí que no entenderías.

Justo cuando pensaba que no podía empeorar, él tenía que soltarle lo típico de no es por ti, sino por mí.

–Esto es estúpido. Ya lo hablamos hace dieciocho meses. Se acabó –pasó a su lado pero él le aferró el brazo.

–Es evidente que no se acabó.

–Para mí sí –mintió al tiempo que intentaba liberar el brazo.

–¿Sabes? Tú no fuiste la única en salir herida.

Emitió un sonido indignado.

–Estoy segura de que tú te quedaste devastado.

Los ojos de él centellearon con furia.

–No hagas eso. Jamás sabrás lo duro que fue dejarte. Las veces que estuve a punto de llamarte –se inclinó hasta dejar los labios a unos centímetros de los de ella–. Lo duro que es ahora verte, desearte tanto y saber que no puedo tenerte.

El corazón le dio un vuelco. No solo le decía justo lo que quería oír, sino que sus palabras eran sinceras. Todavía la deseaba. Y entonces hizo algo monumentalmente más estúpido que decirle que a ella le pasaba lo mismo.

Se puso de puntillas y lo besó.

Nathan la rodeó con los brazos y su lengua buscó la de ella hasta que ambas se fundieron.

Se le aflojaron las rodillas y todo en ella gritó ¡Sí!

Nathan quebró el beso y se echó atrás para mirarla mientras le enmarcaba el rostro entre las manos, estudiando sus ojos.

A ella se le hundió el corazón.

–¿Qué? ¿Ya te arrepientes?

–No –sonrió y movió la cabeza–. Solo saboreo el momento.

Porque sería el último. Ella lo sabía y podía verlo en sus ojos. Pasarían juntos esa noche y luego las cosas volverían a la situación anterior. Únicamente serían los padres de Max. No había otra manera. Al menos no para él. Apestaba, y dolía… pero no lo suficiente como para decirle que no.

–¿Estás segura de que esto es lo que quieres? –preguntó él, siempre caballeroso, siempre preocupado por sus sentimientos y su corazón, incluso cuando se lo estaba rompiendo.

Se apartó de él, tomó una manta del sofá y la extendió sobre la alfombra delante de la chimenea. Nathan la observó mientras se quedaba únicamente en braguitas y sujetador y se echaba sobre la manta. El pulso se le desbocó al ver que la miraba como si quisiera devorarla.

Él se quitó el polo y luego se desprendió de los vaqueros. Era perfecto. Delgado, fuerte y hermoso. El resplandor del fuego danzó en su piel al tumbarse y extenderse a su lado. Se apoyó en un codo y la miró.

–Mi cuerpo es un poco diferente que la última vez que lo viste.

Él le acarició el estómago y sintió el aleteo de la piel bajo los dedos.

—¿A ti te molesta? –preguntó.

Se encogió de hombros.

—Es un hecho.

—Bueno –se inclinó y le besó la parte generosa que sobresalía del pecho por encima del encaje del sujetador–, creo que incluso eres más sexy que antes.

Mientras siguiera tocándola, no le importaba su aspecto. Nathan apartó la copa del sujetador y dejó el pecho al aire, haciendo que el pezón se contrajera. Lo provocó levemente con la lengua, luego lo tomó con la boca y succionó. Ana gimió débilmente y cerró los ojos. Él la rodeó con los brazos para quitarle la prenda con dedos hábiles.

Durante un tiempo pareció satisfecho solo con tocarla, besarla y explorarla, haciendo cosas asombrosas con la boca. El problema era que solo las hacía por encima de la cintura. Lo deseaba tanto que se salía de su propia piel. Pero cada vez que ella intentaba avanzar las cosas, él la detenía.

—Sabes que me estás volviendo loca con tanta estimulación sexual –le dijo.

La sonrisa que esbozó reveló que sabía exactamente lo que hacía.

—No hay prisa, ¿verdad?

—Yo no llamaría a esto velocidad, Nathan.

—Porque sé que en cuanto te toque, tendrás un orgasmo –como si quisiera demostrar lo que afirmaba, deslizó la mano por el estómago e introdujo los dedos unos centímetros por debajo de las braguitas.

Ella se mordió los labios para no gemir y le clavó las uñas en los hombros.

—Bueno, ¿qué esperas después de tres horas de juego amoroso?

Él rio.

—No han sido tres horas.

Desde luego que lo parecía.

—Solo me gustaría hacer que esto durara —musitó él.

—¿Te he mencionado que han sido dieciocho meses? Francamente, creo que ya he esperado bastante.

Clavó los ojos en los de ella y volvió a introducir la mano bajo las braguitas. En cuanto sus dedos se deslizaron en el calor resbaladizo, ella quedó en el borde del precipicio y lista para caer al vacío. Solo necesitaba un empujoncito...

—Aún no —susurró Nathan, retirando la mano.

Ella gimió como protesta. Él se sentó y le quitó las braguitas, haciendo que casi sollozara de tan preparada que se encontraba. Le separó los muslos y se arrodilló entre ellos. Le aferró los tobillos y lentamente subió las manos por las piernas, acariciándole la parte posterior de las rodillas, luego más arriba, abriendo aún más los muslos. Con las yemas de los dedos pulgares rozó el pliegue donde la pierna se unía con su cuerpo, luego se lanzó dentro...

—Estaba tan cerca... cayendo...

Con las piernas de ella aún separadas, bajó la cabeza... y Ana sintió su aliento cálido... el calor húmedo de la lengua...

Su cuerpo se cerró en un placer tan intenso, tan hermoso y perfecto que de su garganta se escapó un sollozo. Nathan la miró preocupado.

–¿Estás bien? –preguntó–. ¿Te he hecho daño?

Ella movió la cabeza.

–No, ha sido perfecto.

–Entonces, ¿qué sucede?

Ella se secó los ojos.

–Nada. Creo que, simplemente, fue muy intenso. Quizá porque hace mucho. Ha sido como una enorme liberación emocional, o algo parecido.

No dio la impresión de creerle.

–Tal vez deberíamos parar.

¿Iba a parar en ese momento? ¿Es que hablaba en serio?

–No quiero que pares. Estoy bien –se irguió y lo miró fijamente a los ojos–. Digámoslo así. Si no me haces el amor de inmediato, voy a tener que hacerte daño.

Tendría que ser un absoluto idiota para no darse cuenta de que Ana se sentía emocional y vulnerable. Estaba llorando. Habían tenido un sexo bastante intenso en el pasado y jamás había soltado una lágrima. Quizá fuera un canalla insensible, pero le estaba costando decirle que no. O quizá le costaba pensar con claridad si Ana le metía la mano dentro de los calzoncillos.

–Te deseo, Nathan –susurró ella, poniéndose de rodillas a su lado.

Y cuando él la besó sabía salada, a lágrimas. A pesar de ello, no trató de pararla cuando lo tumbó sobre la manta. Quizá estuviera mal, pero por primera vez en mucho tiempo, no sentía que debía ser el chico bueno y responsable. Estar con Ana hacía que solo quisiera sentir.

Siempre había sido así.

Lo que le daba a esa situación el potencial no solo de volverse demasiado complicada, sino también peligrosa. Y cuando Ana aferró su erección y lo acarició lentamente, su autoimpuesta insensibilidad se desvaneció. Las palabras no podían describir de forma apropiada lo fantástico que era.

–Bien, ¿qué va a ser? –preguntó ella sin dar una impresión vulnerable–. ¿Sexo o un potencial traumatismo físico?

Concisa y al grano. Siempre le había gustado eso en ella. Jamás había contenido sus sentimientos. No le había dado miedo.

Nathan sacó su cartera del bolsillo de atrás de los vaqueros y extrajo un preservativo. Ella se lo arrebató y abrió el envoltorio.

–¿Tienes prisa? –le preguntó.

–¿Qué parte de no he tenido sexo en dieciocho meses no has entendido?

Quizá también a Ana le hubiera sorprendido saber que después de ella solo había habido otra mujer para él. Y eso había sido hacía un año. Una relación de rebote que había sido breve y, francamente, poco excitante. Desde luego, comparadas con Ana, pocas mujeres lo eran. Esa había sido la clase de mujer que había preferido. Alguien que no lo excitara ni lo estimulara. Pero estar con Ana lo había cambiado. Más o menos, lo había estropeado para estar con otras mujeres, dentro y fuera del dormitorio.

–Eso no significa que no podamos tomarnos nuestro tiempo –dijo él.

Ella pasó una pierna por encima de sus muslos y se puso a horcajadas sobre Nathan. Este supo entonces que no tenía sentido discutir. Ana sacó el preservativo del envoltorio y él se preparó, porque sabía lo que sucedería a continuación. Ella lo había hecho docenas de veces con anterioridad.

Con una sonrisa traviesa, ella dijo:

–Entra mejor húmeda –entonces se inclinó y lo tomó en la boca. Él gimió y apretó la manta mientras Ana usaba la lengua para humedecerlo desde la punta hasta la base.

Como siguiera de esa manera, todo se terminaría en diez segundos.

Ella se apoyó sobre los talones y exhibió esa sonrisa que daba a entender que sabía muy bien lo que hacía y que era hora de la retribución. Le puso el preservativo como una profesional, luego se centró sobre él. Su cuerpo era un poco más curvilíneo que antes, los pechos más plenos y las caderas más suaves, y no creyó haberla visto alguna vez más hermosa.

–¿Listo? –preguntó ella.

Como si dispusiera de elección.

Ana apoyó las manos sobre su torso y bajó despacio, centímetro a atormentador centímetro. Nathan soltó un suspiro cuando las paredes calientes y resbaladizas se cerraron en torno a él. Aunque habría considerado que lo opuesto sería lo normal. Mantener incluso un vestigio de control iba a ser prácticamente imposible.

–Oh, Nathan –gimió ella con los ojos cerrados al tiempo que lo montaba–. No te creerías la sensación asombrosa que me produce esto.

Quiso decirle que en realidad sí lo creía, pero apenas estaba aguantando. Como emitiera un simple sonido, perdería al poco control que aún le quedaba.

La situó debajo de él. Ella soltó un jadeo sorprendido cuando su espalda contactó con el suelo. Abrió la boca para protestar, pero a medida que se hundía en ella, solo fue capaz de emitir un gemido de placer. Arqueándose hacia ese embate, con las piernas rodeándole la cintura, le clavó las uñas en la espalda. Él apenas tuvo la posibilidad de establecer un ritmo antes de que el cuerpo de Ana comenzara a temblar, cerrándose en torno a la enorme erección, y no habría sido capaz de contenerse ni aunque en ello le fuera la vida. En ese instante el tiempo se detuvo y solo hubo conciencia de placer.

Cuando el tiempo se reanudó, la miró, tumbada debajo de él con los ojos cerrados, respirando con dificultad, el cabello como un abanico abierto sobre la almohada. Esa mujer era puro sexo.

–¿Estás bien? –le preguntó.

Ella abrió los ojos lentamente, en esa ocasión sin

un atisbo de lágrimas, sino de una satisfacción que se reflejaba en la mirada de él. Asintió y casi sin aliento dijo:

—Sé que probablemente no deberíamos haberlo hecho, y que va a complicar mucho las cosas, pero... maldita sea... ha valido la pena.

Él bajó la vista y ella siguió la dirección a su entrepierna.

Bueno, no era un gran problema. Ya estaban tumbados desnudos, así que Ana no veía ningún daño en hacerlo una vez más. O dos si era lo que hacía falta. Y como Nathan solía tener la libido de un joven de dieciocho años, algo que parecía no haber cambiado, era una clara posibilidad.

Pero pasada esa noche, el fin sería definitivo.

Capítulo Ocho

A la mañana siguiente, Nathan estaba sentado en su despacho sintiéndose más relajado y feliz que en mucho tiempo. Dieciocho meses, para ser exactos.

El único problema radicaba en que la felicidad jamás duraba. Dejar que esa situación fuera más lejos sería un error. De modo que la próxima vez que ella se le insinuara, y conociendo a Ana, probablemente habría una próxima vez, él sería la persona racional. Sin importar que quisiera creerlo o no, él sabía lo que era mejor para ella.

Sonó el interfono.

–El señor Blair necesita verlo en su despacho.

Se levantó y fue a la oficina de Adam.

–Lo están esperando –le indicó la secretaria de este, indicándole la puerta abierta del despacho.

Entró algo desconcertado, ya que no tenía ni idea de esa reunión y su secretaria no le había informado de nada al respecto.

Adam estaba sentado ante su mesa y lo sorprendió ver a Emilio de pie junto a los ventanales. Si era una reunión planeada, Jordan aún no había llegado.

–Cierra la puerta –pidió Adam.

—¿Y Jordan?

—Lo envié a la refinería.

Solo había una razón por la que Jordan pudiera ser excluido de una reunión. Se había descubierto algo acerca de la explosión.

Cerró la puerta y se sentó frente a la mesa de Adam.

—Así que doy por hecho que hay novedades.

Adam y Emilio intercambiaron miradas.

—Algo así —confirmó el segundo.

No estaba seguro de que le gustara que Adam lo hablara con Emilio presente. Hasta que el puesto de presidente ejecutivo no se llenara, se suponía que todos estaban al mismo nivel.

Se sentó más erguido en el sillón y miró a uno y luego al otro.

—Sea lo que sea, veo que ya lo habéis hablado sin mí.

—Teníamos algunas preguntas para ti —dijo Adam con solemnidad.

—Pues formuladlas —indicó.

—Sé que Jordan y tú no sois muy cercanos —dijo Emilio—. Pero, ¿sabes algo acerca de sus finanzas personales?

—No compartimos precisamente consejos bursátiles. ¿Por qué?

—¿Eres consciente de algún motivo por el que tenga que depositar o retirar alguna suma importante de dinero en efectivo?

¿Estaban investigando las finanzas de Jodan? ¿Habrían hecho lo mismo con las suyas? A pesar de toda la animosidad que sentía hacia Jordan, el instinto arraigado de defender a su hermano salió a la superficie.

–¿Estáis acusando a mi hermano de algo?

–Una semana antes del accidente, alguien depositó doscientos mil dólares en la cuenta de Jordan, y unos días después él transfirió treinta mil.

–¿A quién?

–Me temo que no tenemos acceso a esa información –expuso Emilio.

–Pero lo que estáis diciendo es que lo consideráis responsable del sabotaje.

–No puedes negar que parece sospechoso.

Los estudió.

–¿Creéis que alguien le pagó y que él pagó a alguien para que manipulara el equipo?

–Es una posibilidad –confirmó Adam.

–¿Por qué?

–Jordan es ambicioso –expuso Emilio–. Sucedió antes de que todo el mundo supiera que el puesto de presidente ejecutivo quedaría vacante. Quizá creyó que había llegado a su techo.

–Su entrega a la empresa y su dedicación a los hombres en la refinería han sido ejemplares –les recordó Nathan. De hecho, era realmente notable, a pesar de las diferencias sociales y económicas, lo mucho que los hombres de la refinería respetaban y confiaban en Jordan. Era uno más del grupo.

–Quizá alguien le hizo una oferta que no pudo rechazar –dijo Emilio–. Pero primero esperaba algo a cambio.

–Sea o no ambicioso, no lo veo poniendo la vida de alguien en peligro para impulsar su carrera.

–Quizá nadie tenía que resultar herido, pero algo salió mal –sugirió Adam–. Tienes que admitir que él fue quien peor encajó lo sucedido. Tal vez se siente culpable.

–Si es así, ¿por qué sigue aquí?

–¿Para evitar sospechas? O quizá ahora que el puesto de presidente ejecutivo va a quedar vacante tiene una razón para quedarse.

–O tal vez –aportó Emilio–, al haber heridos, eso rompió el trato al que había llegado.

–Escuchad, ya sabéis que mi hermano y yo no mantenemos la mejor de las relaciones, pero me está costando mucho aceptar algo así –o tal vez no quería creer que su propio hermano podía ser responsable o tan egoísta.

–Créenos, a nosotros tampoco nos gusta –convino Adam–. Pero no podemos soslayar la posibilidad. Si de algún modo ha estado involucrado, y luego sale a la luz que teníamos pruebas y no hicimos nada al respecto...

–Podéis planteárselo a él –sugirió Nathan.

Emilio rio.

–Estamos hablando de Jordan. Si es culpable, ¿de verdad crees que iba a reconocerlo?

Era verdad. Antes se cortaría un brazo.

–Su secretaria va a iniciar su permiso de maternidad en unas semanas y la agencia de investigación ha sugerido que pusiéramos a una agente de incógnito en el despacho de Jordan –dijo Adam–.

Él va a pensar que solo se trata de una empleada temporal.

—Como se enteré, se va a irritar.

—Así que debemos cerciorarnos de que no se entere —dijo Adam—. Y hasta entonces debemos encontrar otra manera. Quizá tú podrías tratar de hablar con él. Tal vez se le escape algo.

—Con sinceridad, yo soy la última persona con la que se abriría. No hablamos. Nunca. De hecho, eso solo ayudaría a despertar sus sospechas.

—Hemos corrido un riesgo al confiarte esto —expuso Emilio—. Yo también tengo hermanos, así que sé que es mucho pedir. Pero solo podemos llevar a cabo esto si estás con nosotros en un cien por cien.

Sabía que tenían razón. Y bajo la necesidad de defender a su hermano, estaba la persistente sospecha de que podía ser verdad. Fuera como fuere, necesitaban saberlo.

—Estoy dentro —afirmó.

Sabía que hacía lo correcto, pero lo sentía como una traición.

Aunque al regresar a su despacho, se preguntó si el hecho de que investigaran a Jordan significaba que también hacían lo mismo con él. Pero no veía el motivo. Podía contar con los dedos de una mano las veces que había estado en la refinería. Sin embargo, como saliera a la luz la relación que tenía con Ana y Max, no solo podría socavar sus posibilidades para llegar a ser presidente ejecutivo, sino que también lo colocaría en una posición dudosa.

Si pudiera ocultar a Ana solo unos meses más,

hasta que hubiera tenido tiempo de considerar de verdad lo que hacía, al menos hasta que se hubiera tomado la decisión de la sucesión…

Al volver a su despacho vio que en el teléfono móvil que había dejado sobre la mesa tenía dos llamadas perdidas. Una de un número que no reconocía y otra de Ana. Sin mensajes.

Marcó el número de ella y contestó a la segunda llamada. De fondo podía oír los balbuceos felices de Max. En apenas una semana el pequeñajo se había ganado el camino hacia su corazón.

–¿Has llamado? –le preguntó a Ana.

–Sí. Lamento molestarte mientras trabajas, pero había algo que quería preguntarte. ¿Tienes un minuto?

–Claro.

–Se puede decir que necesito un favor, pero quiero dejarte bien claro que nada te obliga a hacérmelo. No se lo puedo pedir a Jenny. Pensé que tal vez querrías hacerlo tú a cambio.

–¿Hacer qué?

–Cuidar de Max el sábado por la noche. Me han invitado para una noche de chicas con Beth y algunas amigas.

–¿Te refieres a estar él y yo solos?

–Sí. Yo no me marcharé hasta las siete y media y él se acuesta a las ocho y media, de modo que estará dormido casi todo el tiempo.

El hecho de que le confiara a Max lo dejó sin habla unos momentos.

–Si no quieres… –agregó ella.

—No es que no quiera. Es que... estoy un poco sorprendido de que me lo pidas, teniendo en cuenta mi amplio desconocimiento de los niños.

—Bueno, Max te adora y tú ya conoces su rutina. Además, es fácil de llevar. No puedo imaginar que te dé algún problema. Y si decides formar parte permanente de su vida, no puedes estar de visita para siempre. Tendrás que acostumbrarte a estar a solas con él. A veces por la noche.

La idea lo fascinaba y al mismo tiempo lo aterraba. No eran cosas que hubiera tomado en consideración.

—Me gustaría hacerlo —dijo al final, y a pesar de todas sus dudas, era verdad.

—¡Estupendo! ¿Puedes pasar por mi casa a las siete y media? Eso me dará tiempo de mostrarte dónde está todo antes de que Beth pase a recogerme.

—Sí.

—No sé lo que haréis esta noche, pero Max y yo íbamos a decorar el árbol a eso de las siete.

Con una cena programada con su equipo de trabajo para las seis y media era imposible que pudiera terminar antes de las ocho. De modo que tal vez solo lo viera diez minutos antes de que se fuera a acostar. Lo que significaba que iría a verla a ella, no a Max, lo que no creía que fuera una buena idea después de lo sucedido la noche anterior.

—Hoy me es imposible ayudaros con el árbol, pero tal vez pueda pasarme mañana al mediodía.

—Claro. Sería estupendo. A propósito, ¿has recibido alguna carta de Leo y Beth ya?

Echó un vistazo al correo del día y vio un sobre con el remitente de Leo y Beth. Lo abrió, pero no se trataba de una tarjeta. Era una invitación para su fiesta anual de Fin de Año. Nathan iba cada año, salvo el anterior, y solo porque supuso que se toparía con Ana. Sabía que estaba embarazada, y la idea de verla preñada con el bebé de otro hombre...

De haber sabido que era su hijo, quizá hubiera actuado de otra manera.

—Doy por hecho que tú también has recibido una invitación —comentó.

—Sí. Me preguntaba si pensabas ir.

—No podemos eliminar nuestra vida social solo por el hecho de que nos vamos a encontrar el uno con el otro. No es justo para ninguno de los dos.

—Supongo que no. Entonces, ¿vas a ir?

—Sí, iré —aunque solo fuera para probar que eso que había entre ellos no tenía por qué ser nada del otro mundo.

—Entonces, yo también —confirmó ella.

Solo después de colgar y comprobar su agenda para la próxima reunión, comprendió el error que acababa de cometer. El sábado por la noche se suponía que debía asistir a una fiesta que daban Adam y Katy. Había quedado tan encantado por la idea de pasar tiempo con su hijo, que ni siquiera se le había pasado por la cabeza la idea de poder tener otro compromiso.

Emilio y su novia estarían allí, y conocía lo bastante bien a su hermano como para saber que jamás perdería la oportunidad de ganar puntos a su favor. Haciendo que él quedara como el raro. Podía volver a llamar a Ana y decirle que le sería imposible ocuparse de Max, pero algo le dijo que eso no saldría bien.

Sabía que ser padre requeriría sacrificios. Además, Adam le había asegurado que no pasaba nada si no iba, que era muy precipitado.

Solo esperó que lo creyera de verdad. Estaba demasiado cerca de conseguir todo lo que quería como para tirarlo por la borda.

A pesar de que Ana no había parado de repetirse de que todo iría bien, cuando sonó el timbre se levantó del sofá como impelida por un resorte. «Cielos, relájate». Se obligó a ir despacio hacia la puerta. No salía mucho, así que se había tomado su tiempo en arreglarse.

Con un nudo en la garganta, abrió. Nathan se hallaba en el porche, con un aspecto condenadamente sexy. Por lo general, cuando iba a ver a Max vestía de manera informal, pero en ese momento aún llevaba puesto el traje.

La estudió, asimilando el ceñido jersey negro de cachemira, las mallas y las botas de tacón alto.

—Estás estupenda —alabó con sinceridad.

—Gracias —dijo, retrocediendo para que él pudiera entrar del frío. Una vez dentro, se dio cuenta del aspecto cansado que mostraba, como si llevara despierto varios días seguidos.

—Lamento llegar tarde —se disculpó él—. La reunión se prolongó demasiado. Ni siquiera he tenido tiempo de ir a casa a cambiarme.

—Pareces exhausto.

Nathan se quitó el abrigo.

—Ha sido una semana larga. Vamos a iniciar la producción de una nueva campaña publicitaria. Y todo lo que podía salir mal ha salido mal. Por suerte vamos a cerrar para las fiestas. Necesito un descanso.

Desde el otro lado del salón Max lanzó un grito y se puso a saltar entusiasmado al ver a Nathan.

—Hola —Nathan cruzó el salón para ir a saludarlo, y lo alzó, abrazándolo—. Te he echado de menos.

Ana sintió que se le derretía el corazón.

—Hoy ha dormido más tiempo, así que podrá quedarse un rato más despierto. Solo asegúrate de que esté en la cama a las nueve. Tenemos que levantarnos temprano para ir a desayunar a la casa de mi padre.

—¿Lo hacéis a menudo?

—Un par de veces al mes. Mi padre está ocupado la mayor parte del tiempo, pero le gusta ver a su nieto.

—Y a ti, no me cabe ninguna duda.

—No, casi todo se centra en Max. Mi padre y yo apenas nos hablamos. A menos que esté dándome un discurso sobre cómo educar a Max, no tiene más que decir. Pero es una conversación unilateral.

—Se parece a mi madre —comentó Nathan—. Le encanta oírse hablar. ¿Tu padre está soltero? Quizá deberíamos presentarlos.

–¿Para que puedas ser mi hermanastro? Sería divertido explicarle eso a Max.

–Es verdad –rio y señaló el árbol de Navidad–. Ha quedado bonito.

–Beth llegará pronto. ¿Por qué no te muestro dónde está todo para no tener que hacerla esperar? –aunque la idea de quedarse en casa con ellos ya le resultaba más atractiva.

Después de mostrarle dónde estaban los pañales limpios, las toallitas y los pijamas en caso de que el pequeño ensuciara los que llevaba, agregó:

–Te he dejado instrucciones en la cocina de cómo preparar un biberón, pero ya me has visto hacerlo –le dijo–. Tienes el número de mi móvil, así que no dudes en llamar si necesitas algo.

–Seguro que me arreglaré.

Se puso el abrigo y recogió el bolso de la mesa del recibidor. Pensó en darle un beso a Max, pero con Nathan sosteniéndolo en brazos, podría resultar un poco incómodo. Le sopló un beso y dijo:

–Adiós, cariño, te quiero.

–Diviértete –comentó Nathan.

–Tú también –cruzó la puerta en dirección al coche de Beth.

Capítulo Nueve

A pesar de la música, el baile, los deliciosos margaritas, por no mencionar a los hombres que la habían invitado a bailar, no dio la impresión de poder relajarse.

–Supongo que lo de esta noche no fue una idea tan buena –dijo Beth de camino a casa.

Su prima sonaba tan decepcionada, que a Ana la invadió la culpa.

–Lo siento. Supongo que echo de menos a Max.

–Desde que tuviste a Max hemos salido muchas veces, y echarlo de menos jamás te impidió pasarlo bien –la miró–. Creo que tiene que ver más con el canguro de Max.

–Me acosté con Nathan –ni siquiera había tenido intención de contárselo. Simplemente, lo soltó.

Beth hizo una mueca.

–De acuerdo. Supongo que lo vi venir.

–No se repetirá.

–Claro que no –su prima la miró.

–Lo digo en serio. Los dos acordamos que era algo que debíamos quitarnos de encima, y ahora se ha acabado.

–Es lo más idiota que he oído. ¿Quitártelo de encima? ¿Con sexo? Si tú lo amas. Acostarte con él solo hará que lo desees más –al llegar a la puerta de la casa de ella, recogió el bolso que se había caído al suelo y se lo dio junto con un beso en la mejilla–. Te quiero. Hablaremos por la mañana.

Con cierta inseguridad, se dirigió hacia la entrada de su casa. Esa noche solo había bebido tres margaritas y apenas era capaz de caminar en línea recta. Qué poco aguante había demostrado tener... en nada parecido a sus buenos tiempos.

Abrió y entró, sorprendida de que todas las luces estuvieran apagadas. Por el resplandor de la chimenea, pudo distinguir la forma de Nathan en el sofá. Había parecido extenuado al llegar. Debía de haberse quedado dormido.

Como se tambaleaba con los tacones altos, se quitó las botas y cruzó la habitación para no despertarlo. Pero al acercarse, vio que Max estaba acurrucado contra su pecho, con la cabeza bajo su barbilla y profundamente dormido.

Unas lágrimas súbitas afloraron a sus ojos y un nudo le atenazó la garganta.

Era, de lejos, lo más dulce que había visto en su vida.

Se sentó en el borde del sofá, y acarició la mejilla suave de su hijo. Estaba frío, igual que Nathan. Le frotó el brazo para despertarlo.

Él abrió los ojos y la miró somnoliento.

–¿Qué hora es?

–Poco más de medianoche. Doy por hecho que Max no podía dormir.

Nathan acarició la espalda del pequeño.

—Se despertó a eso de las diez —musitó—. Creo que lo inquietaba que tú no estuvieras aquí. No volvió a dormirse, así que me lo traje otra vez aquí conmigo. Supongo que los dos nos quedamos dormidos.

—Espero que no te haya planteado muchos problemas.

—En absoluto. ¿Te lo has pasado bien?

—Sí, ha sido estupendo —mintió—. Siempre es agradable pasar una noche con las chicas.

—Supongo que debería llevarlo a la cama.

Ana se puso de pie y los siguió a la habitación de Max. Lo observó acostarlo sin que Max moviera siquiera una pestaña. Ella lo arropó y le apartó el pelo de la frente.

—Buenas noches, cariño. Que tengas felices sueños.

Cerraron la puerta y regresaron al salón.

—Gracias por cuidar de él.

—No ha sido ningún problema. Nos divertimos —miró su reloj de pulsera—. Debería irme a casa. Tienes que madrugar.

Tuvo ganas de invitarlo a quedarse. Ofrecerle una copa, quizá arrojarse a sus brazos y suplicarle que le hiciera el amor.

Mayor razón para dejar que se marchara.

Fueron al recibidor.

—Quizá podría venir mañana por la tarde para ver a Max —dijo Nathan—. Podríamos cenar juntos.

Verlo dos días seguidos era una mala idea, pero se oyó responder:

—Claro. Llegaremos de la casa de mi padre a eso de la una.

—Te llamaré entonces —se puso el abrigo, dio media vuelta y con la mano en el pomo, se detuvo. Dejó caer la mano y giró hacia ella—. No quiero irme.

Debía decirle que tenía que hacerlo. No podía tentar al destino.

—Iba a prepararme una taza de té —explicó a cambio—. ¿Te apetece una?

—Me encantaría.

—¿Qué habéis hecho Beth y tú esta noche? —preguntó.

—Fuimos con un par de amigas a un local que está de moda en la parte baja de la ciudad.

—¿Y qué tal?

—Tenían un DJ decente y las copas no estaban aguadas.

—Pero, ¿os lo pasasteis bien?

—Fue... divertido.

La tetera comenzó a hervir.

—¿Con qué quieres el té?

—Azúcar —quizá había conocido a alguien, pensó. O lo más probable era que estuviera dejando volar su imaginación. No había visto atisbo alguno de un hombre en la vida de Ana... aparte de Max. ¿Vas a menudo a bares? —preguntó sin quererlo.

Puso la taza, el azucarero y una cuchara ante él sobre la encimera.

–Últimamente, no, pero estoy pensando que es hora de volver al juego.

–¿Qué juego?

–El de las citas.

¿Le estaba diciendo que se largara o quería ponerlo celoso? ¿O llevaba eso de la amistad demasiado lejos, confiándole cosas que él no quería oír?

–¿Crees que ir a bares es un buen sitio para conocer hombres?

Ella se encogió de hombros y respondió:

–Supongo que no. A ti te conocí en un lugar de esos y mira lo que me dejó.

No cabía duda de que sabía dar golpes bajos.

–Aunque pudiera no cambiaría nada –añadió Ana–. Max es lo mejor que jamás me ha pasado.

–Es a mí a quien te gustaría eliminar de la ecuación –dijo él.

–No me refería a eso. La cuestión es que los hombres no van a los bares en busca de relaciones largas y monógamas. Lo único que tengo que hacer es mencionar que tengo un hijo para que huyan despavoridos. Luego están los hombres que fingirían que son los mejores amigos de Max con tal de tener acceso a mi fideicomiso. Cuesta saber en quién confiar.

–Hasta que Max se hiciera un poco mayor, quizá sería mejor que solo te concentraras en cuidarlo.

Ella rio, pero fue un sonido amargo y frío.

–Para ti es muy fácil decirlo.

–¿Cómo lo sabes? ¿Por qué das por hecho que para mí sería más fácil?

Era evidente que había tocado un punto delicado. Ella lo miró furiosa.

—Tú puedes hacer lo que quieras, cuando quieras y estar con quien te apetezca. Con un bebé al que cuidar las veinticuatro horas de los siete días de la semana, yo no dispongo de ese lujo.

Él se acercó un paso.

—Para que quede constancia, solo hay una mujer con la que quiero estar. Pero ella cree que sería demasiado complicado.

—Por favor, no digas cosas así —se volvió hacia la oscuridad de la ventana.

Se situó detrás de ella y sintió que los hombros se le tensaban al apoyar las manos sobre ellos.

—¿Por qué no?

—Porque sabes que no puedo.

Bajó las manos por sus brazos y luego las volvió a subir.

—¿Ya no me deseas?

Sabía que sí, pero quería oírselo decir. Quizá... quizá en ese momento las cosas podían ser diferentes. Tal vez realmente había cambiado.

—Te deseo —susurró ella— Demasiado. Pero sé que volverás a hacerme daño.

—Al fin estás dispuesta a reconocer que te hice daño. Es un comienzo.

—Creo que deberías marcharte.

—No quiero hacerlo —le apartó el cabello y le besó el cuello. Ella gimió suavemente y moldeó el cuerpo contra el suyo.

—No puedo dormir contigo, Nathan.

Le apartó el jersey y le dio un beso en el hombro. Sintió que se derretía, que cedía.

–¿Quién ha mencionado algo sobre dormir?

–Por favor, no hagas esto.

–¿Y si las cosas pudieran ser diferentes esta vez? La hizo girar hacia él.

–Quiero estar contigo, Ana. Contigo y con Max.

–¿Y qué me dices de tu trabajo? De tu carrera.

–Durante un tiempo deberíamos mantener nuestra relación en secreto. Al menos hasta que me ofrezcan el puesto de presidente ejecutivo. Una vez que esté bajo contrato, les costará mucho deshacerse de mí. Además, no tardarán en darse cuenta de que en lo referente al trabajo, mi lealtad es para ellos.

–¿Cuándo?

–Adam va a dimitir a principios de primavera. Doy por hecho que el nuevo presidente ejecutivo se anunciará con un mes de antelación.

–¿O sea que estamos hablando de tres o cuatro meses de movernos a hurtadillas?

–En el peor de los casos, sí. Pero podría ser antes –le acarició la mejilla–. Pasado eso, me importa un bledo quién lo sepa. Creo que al menos le debemos a Max intentarlo, Ana. ¿No estás de acuerdo?

–Imagino que si lo hacemos por Max... –le rodeó el cuello con los brazos–. Siempre que prometas no volver a hacerme daño.

–Lo prometo –y era una promesa que pensaba cumplir. Mientras la besaba, la alzó en vilo y la llevó al dormitorio.

Capítulo Diez

Se volvió y lo vio. Tumbado boca arriba, los ojos aún cerrados, el torso desnudo y hermoso. La excitación, el júbilo y la esperanza borbotearon en su interior. En todo el tiempo que llevaban viéndose, ni una sola vez se había quedado a pasar la noche. Aunque se quedaran haciendo el amor hasta las cuatro de la mañana, él siempre se iba a su casa. De modo que eso solo podía significar una cosa. La noche anterior él había hablado en serio. Quería hacer que eso funcionara.

Nathan abrió los ojos y la miró.

—Como se te ha olvidado poner el despertador para ir a desayunar a la casa de tu padre, ¿por qué no nos vamos Max, tú y yo a desayunar a alguna parte?

Era evidente que acababa de escuchar la conversación desagradable que había mantenido con su padre al respecto.

—¿Te parece una buena idea? ¿Y si alguien nos ve juntos?

—Hay una cafetería a la que voy que está próxima a la universidad. Es muy improbable que nos encontremos allí con alguien.

—De acuerdo. Suena divertido.

–¿A qué hora suele levantarse Max?
–Lo hará de un momento a otro.

Aunque el día anterior debería haber dedicado algunas horas de trabajo en la oficina, Nathan terminó pasando todo el día con Ana y Max. Primero fueron a desayunar, donde nadie los reconoció, luego hicieron unas compras de último minuto para el pequeño. Como la temperatura era agradable, llevaron un rato a Max al parque. Luego, de camino a la casa de ella, compraron comida tailandesa y cenaron, y aunque vio que Ana quería que volviera a pasar la noche con ella, tenía que estar en el trabajo a primera hora de la mañana.

Se marchó después de que Max se acostara y al entrar en su piso, le pareció menos hogar que nunca. Si las cosas con Ana y Max salían como él esperaba, tendrían que pensar en trasladarse a una casa juntos. Una que tuviera preferiblemente un patio enorme donde Max pudiera jugar, situada en un vecindario familiar y amigable, con abundantes parques.

Pasó el resto de la tarde comprando más juguetes que los que probablemente Max tendría tiempo de usar alguna vez y asegurándose de que serían entregados para las fiestas. La Navidad ya la tenía comprometida para pasarla con su madre y Jordan, pero planeaba estar en la casa de Ana la Nochebuena, después de la fiesta en la oficina, y la mañana de Navidad, cuando Max abriera sus regalos. Sin embargo, tenía un ligero problema, no sabía qué comprarle a Ana. No le gustaban las joyas, aparte de que eso parecía demasiado… impersonal. ¿Qué podía regalarle un hombre a una mujer que disponía de los medios para comprarse cualquier cosa que alguna vez pudiera necesitar o desear?

El lunes por la mañana se hallaba en su despacho conectado a Internet en busca de ideas cuando llamó su madre.

—Un amigo me ha invitado a un crucero, así que no podré pasar la Navidad contigo y con tu hermano —le dijo sin mostrarse en absoluto arrepentida.

Nathan estaba seguro de que su amigo sería significativamente mayor y muy rico.

—Bueno, pues que te lo pases bien —repuso, preguntándose si había captado el alivio en su voz.

Antes de colgar, ella le deseo una feliz Navidad. Su madre, la reina de hielo. Pero aunque solo sirviera para eso, la llamada lo ayudó para darle una excelente idea para el regalo.

A la primera búsqueda, encontró exactamente lo que buscaba en Internet. ¡Era perfecto!

Concluyó los arreglos, imprimió el correo electrónico de confirmación y borró el historial de su buscador cinco minutos antes de una reunión programada con varios miembros de su equipo en la cafetería del hall de entrada.

La reunión duró todo el almuerzo y cuando estaba a punto de subir a su despacho, su secretaria lo llamó para decirle que lo esperaba su hermano.

—Ya estoy subiendo.

—Le diré que espere.

Subió hasta la última planta sintiéndose orgulloso consigo mismo por lo que consideraba el regalo ideal para Ana. Algo que ella no esperaría ni en un millón de años. Iba por el vestíbulo de su planta cuando se dio cuenta de que había olvidado el correo de confirmación en su mesa. No llevaba impreso los nombres de los pasajeros, solo el itinerario, pero solo eso sería sospechoso. Quizá tuviera suerte y Jordan no mirara nada que hubiera sobre su mesa, aunque sabía que la posibilidad era remota.

Al pasar saludó a su secretaria con un gesto de la cabeza y entró en el despacho. Jordan se hallaba de pie junto a la ventana. Se volvió al oír a su hermano.

–¿Cómo estás? –saludó Nathan, yendo hacia su mesa.

El correo seguía donde lo había dejado, junto a su ordenador portátil. Depositó la carpeta que llevaba encima de él y se sentó.

–Supongo que te llamó –dijo Jordan.

–Supongo que hay un Papá Noel y este año me ha regalado exactamente lo que quería.

–¿Te dijo quién era su nuevo «amigo»?

–No, y yo no se lo pregunté.

–Es un barón que conoció en su último viaje a Europa. Veinte años mayor que ella. Rico desde tiempos inmemoriales.

–Vaya sorpresa.

–Supongo que no has hablado con papá.

Miró a su hermano. Desde luego que no, y por su vida que aún no sabía por qué Jordan lo hacía.

–Vuelve a casarse.

—¿Cuántas veces lleva con esta?

—Cinco. Es una auxiliar de vuelo de veintiocho años. La conoció en un viaje de negocios a Nueva York. Piensa venirse aquí desde Seattle para vivir con él.

—Les doy seis meses.

—Sé que no lo quieres creer, pero se ha suavizado mucho desde que éramos críos. Cada vez que hablo con él pregunta por ti. Sé que le gustaría tener noticias tuyas.

—Eso no va a suceder.

—Cielos, Nathan, a veces creo que eres más obstinado que él —comenzó a dirigirse hacia la salida, pero se detuvo y se volvió—. A propósito, tengo que preguntártelo, ¿qué hace un hombre soltero comprando un crucero a Disneylandia para tres?

Nathan maldijo para sus adentros, aunque por fuera permaneció impasible.

—No es que sea asunto tuyo, pero no he reservado el viaje para mí. Lo hice para un amigo. Le preocupaba que su mujer lo descubriera y quería que fuera una sorpresa para Navidad.

Fue la mejor excusa que se le ocurrió.

Jordan se encogió de hombros.

—Será mejor que vuelva al trabajo.

Nathan esperó haber evitado la tragedia.

A los pocos minutos de irse su hermano, Ana lo llamó al móvil.

—¿Crees que podrías llegar antes de que Max se acueste este noche?

—Decididamente, lo intentaré —porque a pesar

de que su equipo tenía vacaciones desde Nochebuena hasta Nochevieja, él había ido unas horas a trabajar a la oficina.

–Comunícame cuándo crees que podrás llegar. Si es necesario, puedo mantener a Max levantado un rato más.

–Lo haré. A propósito, hoy he recibido tu regalo de Navidad.

–Qué coincidencia –comentó con tono risueño–, porque yo también recibí el tuyo. Y si encima me has comprado lo mismo que yo a ti, tendré que reconsiderar seriamente nuestra relación.

–En ese caso, no tienes que preocuparte. Y he de decirte que también le compré algunas cosas a Max. Las entregarán en Nochebuena.

–Casi olvido preguntártelo, ¿a qué hora crees que terminarás en la casa de tu madre en Navidad? Estaba pensando que luego podríamos quedar en mi casa.

–No veré a mi madre en Navidad.

–¿Por qué no? Creía que tu hermano y tú cenaríais con ella.

–Cambio de planes por parte de ella. Mi madre es así.

–Lo siento. Entonces, ¿cuáles son tus planes?

–En realidad, aún no he hecho ninguno. Jordan no me preguntó qué iba a hacer, así que doy por hecho que él ya tiene otro plan. Probablemente me quede en mi piso hasta que tú llegues de la casa de tu padre. ¿Cuándo sueles irte?

–Tan pronto como puedo. Por lo general somos

nosotros dos y es muy… incómodo. Aunque al ser la primera Navidad de Max, esperará que nos quedemos más tiempo.

–¿Qué crees que va a sentir cuando se entere de lo nuestro?

–Para serte sincera, ya no me importa. El juego me ha cansado. De no ser por Max, probablemente pasaría la Navidad en casa contigo. Junto a la chimenea y en pijama.

–Planearemos eso para el año próximo –prometió él, dándose cuenta de que esperaba con ansia que hubiera un año próximo para ellos. Y otro y otro.

En ese momento Adam asomó la cabeza por la puerta de su despacho.

–Lamento interrumpir. ¿Podría mantener unas palabras contigo?

–Para el jefe, siempre –le indicó que pasara y notó que cerraba la puerta a su espalda.

–Señorita Maxwell, ¿puedo llamarla luego? –supo que Ana reconocería la presencia de alguien importante en su despacho.

–Claro. Luego hablamos.

Cerró el teléfono móvil y se dirigió a Adam.

–¿Qué sucede?

–Me preguntaba si habías tenido la oportunidad de hablar con tu hermano. Los descubrimientos financieros sospechosos.

–Lo siento, pero no –últimamente había estado demasiado concentrado en su vida como para pensar mucho en eso–. Como dije el otro día, Jordan y yo no hablamos. Se suponía que iba a cenar con él el día de Navidad, y mi idea era tratar de averiguar algo allí, pero los planes se vinieron abajo. Como note que empiezo a meter las narices en sus finanzas personales, despertará sus sospechas.

–Lo entiendo. Quería preguntártelo de todos modos, por las dudas. Me parece que vamos a tener que sustituir a su secretaria por una operaria de la agencia. A él se le informará que nos la envió nuestra empresa de empleo temporal.

–Creo que esa será le mejor manera de conseguir la información que necesitamos. Aunque para que quede constancia de ello, sigo creyendo que es inocente.

–Espero que así sea –Adam se volvió para marcharse, pero se detuvo con la mano en el pomo de la puerta y giró otra vez–. ¿Todo va bien contigo?

–Por supuesto. ¿Por qué lo preguntas?

–Últimamente se te ve un poco... distraído. Aparte de que te has tomado más tiempo libre que de costumbre.

–¿Tienes alguna queja con el desempeño de mis funciones?

–No, en absoluto. Y por si te preocupa, no se trata de nada que vaya a tener un impacto negativo cuando se analice tu posición para presidente ejecutivo. Te considero un amigo y estaba preocupado.

Aunque Adam no lo dijo abiertamente, Nathan supo que quería una especie de explicación. Sabía que a la inversa, a él le pasaría lo mismo.

—La verdad es que he estado saliendo con alguien —le informó a Adam—. Es bastante informal en este punto, pero existen posibilidades reales.

—Me gustaría conocerla. ¿La traerás a la boda de Emilio?

—Por desgracia, no creo que esté disponible —aunque no era justo para ninguno, no podía llevarla.

—Primero me casé yo, ahora el que toma los votos es Emilio —sonrió—. Quizá el próximo seas tú.

—Sí, pero nos precipitemos.

—Sentar la cabeza, tener una familia, no es algo tan negativo, Nathan —comentó antes de marcharse.

Quería poder alardear sobre su hijo, mostrar fotos en la oficina y a sus amigos.

Pero Ana y él tendrían que esperar solo unos meses para ser libres.

Capítulo Once

Eran las cuatro de la tarde de Nochebuena y Ana seguía sin tener noticias de la cena de Navidad en la casa de su padre al día siguiente.

Volvió a mirar la hora y supo que Nathan llegaría en cualquier momento. Aunque no podía imaginárselo pasando por alto esa oportunidad de llenar a Max de regalos, ya había llamado desde el día anterior a su padre infinidad de veces sin recibir respuesta.

Como su padre no la llamara antes de que Nathan llegara y ella hiciera otros planes, iba a perderse la primera Navidad con Max.

Dejó el teléfono en la encimera de la cocina. Se volvió hacia la botella de vino abierta que respiraba en la encimera para servirse una copa, cuando sonó el timbre.

Cuatro en punto. Quizá debería pensar en darle a Nathan una llave para que a partir de ese momento pudiera entrar sin llamar. Corrió hacia la puerta y la abrió.

–¡Feliz Navidad! –dijo Nathan con una sonrisa mientras pasaba.

Antes de que se quitara el abrigo, le rodeó el cuello con los brazos y lo besó. Al soltarlo, notó que en la mano llevaba una caja del tamaño de una camisa, salvo que más estrecha.

Se la entregó.

—¿Tienes espacio para esto bajo el árbol?

—Apenas —señaló el abeto y las docenas de paquetes envueltos para regalo que habían llegado antes aquel día—. ¿Es que has comprado toda la tienda?

—Casi, supongo —se quitó el abrigo y fue al salón, donde ella depositó el regalo bajo el árbol en la parte más visible—. ¿Y Max?

—Durmiendo su siesta. Se levantará de un momento a otro. ¿Te apetece una copa de vino?

—Me encantaría.

—¿O sea que técnicamente estás de vacaciones navideñas? —preguntó ella al entrar en la cocina.

—Puede que vaya al despacho unas horas, pero todo mi equipo se ha ido. Mis únicos planes son pasar todo el tiempo posible contigo y Max.

Le entregó la copa.

—Tengo una propuesta para ti.

—Muy bien.

—¿Te gustaría cenar con tu hijo en Navidad?

—¿Qué sucede? —él frunció el ceño—. ¿Ha pasado algo con tu padre?

—No. No ha pasado absolutamente nada. Sigue sin devolver mis llamadas. Por todo lo que sé, no lo hará. Estoy harta de esos estúpidos juegos psicológicos. Así que he decidido que haré otros planes.

—¿Y si llama en el último momento con la esperanza de que vayas a su casa?

–Respetuosamente declinaré la invitación.

–¿Estás segura de lo que me propones?

–Absolutamente –se puso de puntillas para besarlo–. No hay nadie más en el mundo con quien Max y yo deseemos pasar las fiestas.

Sonrió y la apretó contra él.

–En ese caso, acepto.

Nathan le alisó el cabello y la besó suavemente. Desde el monitor infantil, le llegó el sonido de Max al despertarse.

–¿Quieres ir a recogerlo mientras yo miro algunas recetas? –pidió ella.

Ana dedicó la siguiente hora a mirar en Internet. Eligió una receta de pavo relleno que parecía sabrosa y fácil de hacer, luego redactó una lista de la compra de todas las cosas que iba a necesitar. Al finalizar, metieron a Max en el cochecito y se fueron a cenar a la cafetería y de vuelta a casa pasaron por el mercado.

Cuando al fin estuvieron en el coche con todo lo que necesitaban, Max se quedó dormido de regreso a casa. Nada más llegar, lo acostó.

Nathan se ofreció a ayudarla a guardar las cosas, pero ella lo echó de la cocina e insistió en que fuera a ver la televisión. Cuando, media hora más tarde, regresó a la cocina en busca de una cerveza, solo llevaba puesto un pantalón de pijama.

–Me cambié porque hacía mucho calor con la chimenea puesta, pero como no termines pronto aquí, quizá me vea obligado a sacarte en contra de tu voluntad.

Al volver a quedarse a solas, Ana terminó de guardar las cosas y preparó las cosas para la mañana siguiente, pensando en lo perfecta que había sido la velada. Casi demasiado perfecta, como la primera vez.

También entonces todo parecía ir demasiado bien, hasta que de repente la dejó. Quizá si supiera con certeza por qué lo había hecho, no se preocuparía en ese momento. O tal vez dejara de ser paranoica y estuviera agradecida por una segunda oportunidad.

Eran las once pasadas cuando apagó la luz de la cocina y fue al salón. La televisión seguía encendida, pero Nathan estaba dormido en el sofá. Apagó el aparato con el mando a distancia, y aunque sabía que lo mejor era ir a acostarse para levantarse temprano con el fin de empezar los preparativos para la cena, experimentó una necesidad vital de estar cerca de él.

Se desvistió, dejando la ropa en el suelo, y luego se sentó a horcajadas de los muslos de Nathan. Debía de estar extenuado, porque ni se movió.

Sin despertarlo, se inclinó y pegó los labios en su estómago duro hasta llegar a la cintura del pantalón del pijama. Paró para mirarle la cara, pero seguía con los ojos cerrados. Sin embargo, otras partes de él comenzaban a despertar. Le bajó los pantalones y Nathan ni se movió, Inclinándose, primero provocó con la lengua la punta de su erección, y cuando así no consiguió una reacción, se lo llevó a la boca.

Oyó un gemido, luego sintió las manos de él en su cabeza. Pensó que eso era mejor y lo introdujo aún más hondo en su boca.

Se incorporó y Nathan le sonrió con párpados pesados.

–Al principio pensé que soñaba –explicó–. No sucede muy a menudo que un hombre despierta y se encuentra con una mujer magnífica encima de él.

–Entonces, quizá debería hacerlo más a menudo –comentó con una sonrisa.

–Te aseguro que podría acostumbrarme a esto.

Le enmarcó la cara y la tumbó para darle un beso profundo y lento. Le acarició los hombros desnudos y la espalda y la pegó por el trasero contra él para que su erección la frotara en los puntos adecuados. Ella le clavó las uñas en los hombros y gimió sobre sus labios. Con un embate lento y hondo estuvo dentro de ella.

Era tan grato, pero Ana no podía quitarse la sensación de que faltaba algo. Entonces lo supo. No se había puesto un preservativo.

Maldijo para sus adentros.

Él se movía despacio dentro de ella y no quería que parara. Pero el acto sexual sin preservativo era como jugar a la ruleta rusa. Y tenía la prueba de ello durmiendo pasillo abajo. Pero esperaba el período en dos días, por lo que sus posibilidades de concebir eran realmente escasas.

Sin embargo, no era una decisión que tuviera derecho a tomar sola.

Se incorporó apoyando las manos en el torso de Nathan.

–Tenemos que parar.

Él gimió una objeción mientras embestía hacia arriba.

–No, no tenemos por qué hacerlo.

–Nos hemos olvidado de usar un preservativo.

–Lo sé.

–¿Lo sabes?

Rio despacio mientras subía las manos, le coronaba los pechos y la embestía una, dos veces, enloqueciéndola de necesidad.

–¿De verdad pensaste que no me daría cuenta.

–¿No te importa?

–Iba a sugerir que sacáramos uno, pero pensé que sería educado y te satisfaría primero.

–Estoy segura de que fue así como concebí a Max.

–¿Te opones a la idea de tener otro bebé?

–Bueno, no, pero...

–Entonces, no nos preocupemos por el tema.

Si él no estaba preocupado, si no le molestaban las consecuencias...

Volvió a enloquecerla con la boca y a desterrar sus dudas.

La sujetó el rostro y la miró a los ojos.

–Te amo, Ana.

Esas tres palabras sencillas la lanzaron al precipicio y él estuvo a su lado. Luego, apoyó la cabeza bajo el mentón de Nathan, extenuada y relajada, y él la abrazó.

***

Nathan despertó con el aroma a café recién hecho.

Apenas eran las ocho de la mañana, pero el lado de la cama de Ana estaba vacío.

Se puso boca arriba y se quitó el sueño de los ojos. La noche anterior en el sofá había sido increíble. La pasión que sentía por ella era como una válvula de escape para toda su energía acumulada.

Ella lo salvaría, podía contar con Ana para que lo mantuviera a raya. Le enseñaría a ser un buen padre. Para Max y quizá para otro bebé. En ese momento, las posibilidades parecían interminables.

Se levantó de la cama pensando si ya lo habría hecho Max. Tenía ganas de verle la carita mientras abría todos los regalos.

Se puso los pantalones del pijama y una sudadera y fue en busca de Ana. El árbol estaba encendido y en el salón sonaba una tenue música navideña. La encontró en la cocina con un pijama rosa de franela y un mandil atado a la cintura mientras lavaba los platos a mano. El pavo ya estaba relleno y colocado en una fuente en el horno.

Al verlo, sonrió.

–Feliz Navidad.

–Buenos días–. Huelo a café.

–Está recién hecho.

Se situó detrás de ella y le rodeó la cintura con los brazos antes de darle un beso en la mejilla.

–¿Cuánto tiempo llevas levantada?

–Desde las seis. Quería tener preparado el pavo antes de que Max despertara.

–¿Puedo ayudarte en algo?

–Podrías servirnos café mientras termino con estos platos. He oído a Max moverse, así que va a despertarse de un momento a otro –como si fuera la señal, desde el monitor infantil les llegó la voz del pequeño–. Pensándolo mejor, ¿por qué no vas a buscarlo tú mientras yo sirvo el café?

Lo sacó de la cunita y con la destreza recién adquirida, le cambió el pañal y lo bajó al salón. Ana los esperaba con el café y leche para Max. Nathan se sentó en el sofá y Max se acurrucó en su regazo para beberse el biberón.

Nada más acomodarse, sonó el móvil de Ana. Esta puso los ojos en blanco y dijo.

–Es mi padre.

–No tienes que contestar –sugirió él.

–No. Me niego a jugar ese juego con él –lo recogió de la mesita y lo abrió–. Hola, papá –escuchó durante varios segundos y luego dijo–: Te he estado llamando toda la semana. Al no recibir noticias, di por hecho que no organizarías la cena este año y he hecho otros planes –otra pausa, después respondió–: No, no cambiaré mis planes. Tengo un pavo relleno esperando que encienda el horno.

Nathan pudo oír el discurso rimbombante del padre a través del teléfono.

–Lamento que la comida se estropee. Si me hubieras devuelto la llamada... –gritos desde el otro extremo–. No, no intento mostrarme difícil. Simplemente, no puedo… –apartó el teléfono de su oreja, lo cerró y movió la cabeza–. Me ha colgado. Al parecer la comida era a las tres.

–¿Estás bien? –preguntó Nathan.

–Él se lo pierde. Nos necesita más a nosotros que nosotros a él.

Y era verdad. Ellos ya eran una familia. Y Nathan no pudo sentir una retorcida sensación de satisfacción.

Capítulo Doce

Mientras bebía café frente a la chimenea y veía a Max jugar con sus regalos, debía reconocer que en general hasta el momento había sido una Navidad fantástica. A pesar de la llamada de su padre. Ni siquiera tenía voluntad para estar enfadada. Simplemente, sentía pena por él.

Él se lo perdía. Solo había tenido seis años cuando su madre había muerto y quizá los recuerdos que tenía de ellos como una familia feliz no eran más que fantasías infantiles.

Durante largo rato permanecieron sentados allí, escuchando música navideña y mirando jugar al pequeño. Al final Ana tuvo que levantarse y meter el pavo en el horno y luego preparar el resto de platos. Cuando Max fue a dormir su siesta, se metieron en la cama e hicieron el amor. Luego, Nathan se quedó dormido, de modo que ella se duchó, se vistió y comprobó el estado del pavo. Todavía le quedaba otra hora, pero emitía un olor delicioso. Hasta el momento, todo iba sobre ruedas.

Había dejado el teléfono en la encimera de la cocina con el timbre apagado, y cuando fue a comprobar el horno, vio que tenía una llamada perdida de su padre de las tres y cinco de la tarde. Conociéndolo, sabía que no aprendería ninguna lección de lo sucedido y que solo la acusaría de ser egoísta.

Bueno, eso ya no importaba. No podía hacer que viera algo que no quería ver.

Después de ordenar los juguetes bajo el árbol, a las cuatro oyó que Max se agitaba y estaba a punto de ir a buscarlo cuando sonó el timbre. No esperaba a nadie, y casi nadie hacía una visita el día de Navidad.

Fue a abrir la puerta y se quedó boquiabierta al ver a la persona que había de pie en el porche.

–Como insistes en tu terquedad, no me ha quedado más opción que traer los regalos de Max en persona.

¿De modo que ella era terca? Tenía que ser un chiste malo.

–Este no es un buen momento.

–¿Quién es, Ana? –preguntó Nathan a su espalda, con Max en brazos. Los dos seguían con los pijamas puestos y el pelo revuelto por el sueño.

Su padre pasó a su lado sin aguardar una invitación. Al ver a Nathan parpadeó sorprendido.

–¿Quién diablos es este? –preguntó, mirando de su hija a Nathan.

Luego entrecerró los ojos y ella captó el momento del reconocimiento. Su padre se volvió hacia ella con la mandíbula tensa y los dientes apretados.

–¿Por qué no me sorprende en absoluto?

–No es lo que piensas –comentó Ana.

–¿Es tu modo de castigarme? ¿Uniéndote a la competencia?

Intentó no reflejar el dolor que le causaron esas palabras.

Su padre se volvió hacia Nathan.

—Si eres tan amable de entregarme a mi nieto, podrás vestirte y largarte de la casa de mi hija.

Nathan ni se inmutó y miró al padre a los ojos.

—Ni todo el peso del infierno me haría entregarte a mi hijo.

—¿Max es el hijo de este hombre? —gruñó el padre de Ana.

Nathan tuvo la impresión de que acababa de abrir una caja de truenos, pero le había sido imposible mantener la boca cerrada ante la arrogancia avasalladora de ese canalla.

—Sí, Nathan es el padre de Max —repuso ella sin disculpa ni arrepentimiento en la voz.

—Ana, en el nombre de Dios, ¿en qué estabas pensando?

—No es asunto tuyo, padre.

—Y un cuerno. ¿Dónde estaba él durante tu embarazo? ¿Durante los primeros nueve meses de vida de Max? ¿O lo has estado viendo todo este tiempo? Mintiéndome.

—Nathan ni siquiera conocía la existencia de Max hasta hace unas pocas semanas. Pero ahora está aquí.

—No, si yo puedo evitarlo —se volvió hacia Nathan—. Tengo entendido que eres uno de los candidatos a presidente ejecutivo de Western Oil.

Nathan se puso tenso. Debería haberlo imaginado.

–Supongo que no tardaré en averiguarlo.

–No lo averiguarás –intervino Ana–. Porque mi padre no va a contárselo a nadie. Porque si lo hace, jamás volverá a ver a su nieto.

El hombre mayor soltó un bufido desdeñoso.

–Maxwell adora a su abuelo. Nunca lo mantendrás alejado de mí.

–Si arruinas la carrera del hombre al que amo, ten la certeza de que es lo que va a pasar.

–No hablas en serio.

–¿No lo crees? Ponme a prueba.

–En ese caso, quiero una prueba de paternidad. Quiero prueba de que es el padre biológico de Maxwell.

Nathan abrió la boca para decirle que se fuera al infierno, pero Ana habló primero.

–¿Que tú quieres una prueba de paternidad? Yo no veo que esto tenga nada que ver contigo. Es entre Nathan y yo. Quien, para que lo sepas, jamás pidió una. Confía en mí, a diferencia de mi propio padre, quien al parecer cree que me acosté con múltiples candidatos.

–Bueno –la miró fijamente–, no sería la primera vez, ¿verdad?

Ana contuvo el aliento y el temperamento de Max se disparó. De no haber estado sosteniendo a Max, probablemente le hubiera dado un puñetazo. Pero por el bien de su hijo, se controló. Se plantó delante de Ana y habló con tono muy sereno y ecuánime:

—Estás hablando de la mujer que amo. Y es la última vez que le hablarás de esa manera. ¿Entendido?

Quizá el otro comprendió que se había excedido, porque retrocedió.

—Tienes toda la razón, ha sido algo injustificado. Lo siento, no era mi intención.

—Voy a vestir a Max —dijo Ana con voz baja, quitándoselo a Nathan, dejándolo a solas con su padre.

Nathan sabía que eso era algo que Ana probablemente nunca olvidaría y tuvo la sensación de que su padre lo sabía. Aunque creía que estaba recibiendo exactamente lo que se merecía, una parte de él sintió simpatía por el otro. Sabía lo que era perder los nervios y decir o hacer algo que luego se llegaba a lamentar. La diferencia era que había sido lo bastante hombre como para controlarlo. Quizá representara el toque de alerta que el padre de Ana necesitaba. Quizá los ayudara a sanar la relación fracturada.

Después de un silencio incómodo, el padre de ella dijo:

—Traigo regalos para Max. ¿Los entro?

¿Es que le pedía permiso a Nathan? Quizá suponía que tendría mejores posibilidades con él antes que con Ana. Y a menos que hubiera algún peligro, Nathan no consideró su lugar interponerse entre abuelo y nieto.

—Claro, tráelos.

Abrió la puerta y le hizo una señal al hombre que había de pie en la acera. Había estado esperando en el frío con los brazos llenos de paquetes. Hicieron falta tres viajes para entrarlo todo. Decididamente, esa no era la manera en que Nathan había soñado con pasar la Navidad. Las familias tenían un modo peculiar de fastidiar los planes.

–Y bien –comentó el padre de Ana cuando terminó–, ¿tienes planes para casarte con mi hija?

Debería haber esperado algo así, pero la pregunta lo sorprendió un poco.

–La idea me ha pasado por la cabeza.

–Supongo que es demasiado esperar que pidas mi permiso.

En ese punto tendría suerte de recibir una invitación para la boda.

–No veo que eso vaya a suceder.

–Supongo que esperarás un trabajo en mi empresa, con un despacho que haga esquina.

¿Es que ese sujeto podía ser más arrogante?

–¿Ya tengo un trabajo –respondió.

El otro frunció el ceño.

–No estoy seguro de que me guste la idea de que mi yerno trabaje para la competencia.

A Nathan le importaba un bledo lo que le gustara o no. Sin contar con que tendría serios problemas trabajando para alguien como el padre de Ana, en particular si terminaba resultando ser el responsable del sabotaje.

Ana apareció en el vestíbulo con Max en brazos. Lo había vestido con un disfraz navideño.

–¿Has comido ya? –le preguntó a su padre.

–No.

–¿Querrías quedarte a cenar con nosotros?

El otro miró a Nathan.

–Si no es una imposición.

¿De repente veía a Max como el hombre de la casa o solo temía realizar el movimiento equivocado?

–¿Por qué no te llevas a Max mientras yo termino la cena y Nathan se ducha? –dijo Ana.

Se quitó el abrigo y tomó al pequeño en brazos, llevándoselo al salón. Ana le hizo un gesto a Nathan para que fueran pasillo abajo y este la siguió al dormitorio. Cerró la puerta y se apoyó en él, le rodeó la cintura con los brazos y enterró la cara en su pecho.

–¿Estás bien? –le preguntó él, frotándole la espalda.

–Después de lo que me dijo, ¿estoy loca por invitarlo a quedarse?

–Si iba en serio, quizá; pero no creo que lo pensara. Creo que se sentía amenazado y atacó sin pensar. Los hombres como él están acostumbrados a tener el control. Quítaselo, y dicen y hacen cosas estúpidas.

–Supongo que eso tiene sentido –alzó la cara y lo miró–. Gracias por defenderme.

–Tú me defendiste primero. ¿Hablabas en serio?

–¿A qué parte te refieres?

–Al decir que soy el hombre al que amas –le acarició la mejilla.

–Sí –se puso de puntillas y le dio un beso, susurrándole a los labios–: Te amo, Nathan.

–Te amo, Ana.

Ella sonrió.

–Será mejor que vuelva a la cocina antes de que se queme la cena.

–En un minuto estaré allí para ayudarte.

Mientras estaba en la ducha, le pareció oír el timbre, pero no podía imaginar quién podía pasar por allí en semejante día. Quizá fuera el chófer con más regalos para Max.

Se afeitó, se puso un polo y unos pantalones informales y luego fue a ayudar a Ana. En cuanto entró en el salón, vio que había realmente otra persona allí y se quedó de piedra al ver que el hombre sentado en el suelo jugando con su hijo era su hermano Jordan.

En ese instante, pasó de ser una de las mejores navidades de su vida a las fiestas del infierno.

Cuando Jordan lo vio, se puso de pie.

–Hola, hermano. Feliz Navidad.

–¿Qué diablos haces aquí? –preguntó Nathan.

–¿Vino cuando estabas en la ducha –explicó Ana al entrar en el salón.

Sentado en el sofá, el padre de Ana parecía divertido con toda la situación

–¿Qué tiene de malo querer pasar la Navidad con mi hermano? Y mi sobrino –añadió Jordan.

Nathan miró a Ana.

–No he dicho nada –repuso ella–. Él ya lo sabía.

Nathan miró a Jordan con curiosidad.

–Llevas semanas comportándote de forma extraña. Luego me das esa excusa blanda del crucero. Insultas mi inteligencia, Nathan.

Tenían que mantener una conversación, pero no delante de Ana y su padre.

–¿Por qué no vamos fuera? –dijo.

Jordan frunció el ceño.

–Hace frío y está lloviendo.

–No seas tan delicado –espetó.

Jordan fue hacia la puerta y se puso el abrigo. Nathan hizo lo mismo y lo siguió al porche. Hacía frío y humedad y del cielo caía lluvia helada.

–¿No te parece acogedor? –Jordan abandonó toda pretensión de alegría navideña–. Tú pasando la Navidad con Ana Birch y su padre. Creo que ya sabemos a quién culpar del sabotaje.

–Jordan, ¿de verdad crees que yo podría hacer algo así?

–No puedes negar que la situación resulta bastante sospechosa.

–No es asunto tuyo ni siento que deba justificar mis actos bajo ningún concepto, pero su padre no debía estar aquí. Acaba de aparecer, algo que sé que puedes entender. Además, ni siquiera veía a Ana cuando sucedió. Hasta hace unas semanas atrás ni siquiera sabía que tenía un hijo. Rompí con ella antes de que Ana supiera que estaba embarazada. De hecho, pensaba criar al niño sola.

–¿Y si fue ella la responsable del sabotaje?

–¿Ana? –era lo más ridículo que jamás había oído–. Imposible.

–¿Por qué no? ¿Y si la dominaba la amargura y quería vengarse de ti por abandonarla? O quizá lo hizo por su padre.

—No se puede decir que anhelara venganza. Si alguien tenía derecho a estar molesto, era yo. Y en cuanto a su padre, no mantienen la mejor de las relaciones.

—Es su bono de comida.

—Ella vive de un fondo que le dejó la madre. No recibe un céntimo de Birch Energy. Y aunque lo recibiera, no posee ni un atisbo de maldad en todo su cuerpo —tuvo que preguntarse si no sería Jordan el responsable de todo el sabotaje por la vehemencia que mostraba en tratar de culpar a otra persona. ¿O era su modo de distraer las sospechas de él? ¿Se habría enterado de que lo estaban investigando?

A pesar de que había defendido con presteza a su hermano, ya no estaba tan seguro.

—¿Cómo te enteraste que estaba viendo a Ana? —le preguntó.

—Te seguí, genio. No eres precisamente 007.

Al parecer no lo era, pero no esperaba que nadie lo siguiera.

—¿Y cómo supiste que Max era mi hijo?

—No lo supe hasta verlo de cerca. Es como tú, aparte de que la marca de nacimiento lo delató —se sopló las manos y las metió en los bolsillos—. ¿Vas a casarte con ella?

Era la segunda vez que le hacían esa pregunta ese día.

—Diría que existe una gran posibilidad.

—Sabes que eso va a significar una oferta de trabajo del viejo Birch.

Otro tema que salía por segunda vez.

—¿Por qué voy a querer trabajar para él cuando soy presidente ejecutivo de Western Oil.

Jordan sonrió.

—Primero tendrás que pasar por encima de mí.

—Pienso hacerlo.

—Aquí hace un frío de mil demonios. ¿Es posible que volvamos dentro?

Se abrió la puerta de entrada y Ana asomó la cabeza.

—Lamento molestaros, pero todo está listo. Necesito a alguien que trinche el pavo.

Jordan lo miró con curiosidad.

—¿Te importa si mi hermano se queda a cenar? –le preguntó Nathan a Ana.

—Tenemos comida suficiente –dijo, luego añadió con severidad–. Pero no quiero que la primera Navidad de mi hijo se convierta en la tercera guerra mundial. Mientras todo el mundo se comporte con civismo, por mí no hay problema.

—Yo siempre juego limpio –comentó Jordan con demasiada amabilidad.

Capítulo Trece

El padre de Ana se marchó a las siete y media y Jordan se quedó jugando con Max hasta que a éste le llegó la hora de irse a la cama. Al menos daba la impresión de que sería un gran tío.

–Es un chico estupendo –dijo después de que Ana se lo llevara a su habitación y Nathan lo acompañara a la puerta–. ¿Qué pasa con los niños últimamente? Debe de ser algo que flota en el aire. Primero tú, luego Adam y ahora Emilio.

–¿Qué pasa con Emilio?

Se puso el abrigo.

–Cierto... ayer te fuiste de la fiesta antes de que diera la noticia. Su novia está embarazada. Se acaban de enterar. No pensé que nada pudiera sacudir a ese hombre. Es como el granito, pero juraría que tenía los ojos un poco empañados.

–Decididamente hay algo a favor de encontrar a la mujer adecuada –le dijo Nathan–. Tal vez tú seas el siguiente.

Nathan sonrió y movió la cabeza.

–El problema que encuentro es que hay tantas mujeres adecuadas, que no sé dónde elegir.

–Sucederá. Probablemente, cuando menos te lo esperes. Conocerás a alguien y lo sabrás.

–¿Fue así con Ana? Porque recuerdo que tú mismo dijiste que habías roto la relación.

–Y podría haber sido el peor error de mi vida. Tengo suerte de que estuviera dispuesta a darme una segunda oportunidad.

–Te estás volviendo sentimental, lo que solo puede significar que has bebido demasiado.

De hecho, se sentía muy sobrio, pero no lo discutió.

Jordan le dio una palmada en el brazo.

–Ve a dormir la mona. Y Feliz Navidad.

Calentaron tazas de sidra con especias en el microondas y luego se acurrucaron en el sofá delante de la chimenea. Ana apenas había hablado desde que se marcharan todos y Nathan empezaba a preguntarse si pasaba algo.

–¿Va todo bien? –le preguntó–. Has estado muy silenciosa.

Ella suspiró y apoyó la cabeza en su pecho.

–Solo estoy cansada. Ha sido un día muy largo.

–Lo ha sido.

–No salió exactamente como lo planeamos, pero creo que fue bien.

–Mejor de lo esperado, teniendo en cuenta la lista de invitados.

Probablemente, esta sea una pregunta horrible, ya que se trata de tu hermano, pero no le va a contar nada a la junta de Western Oil, ¿verdad? Sé que a ti te preocupaba que él lo averiguara.

–Dijo que no lo haría. Que quería una lucha limpia.

–¿Y confías en él?

–¿Tú no?

Ana se encogió de hombros.

–Quizá es por las cosas que me has contado, o por un pálpito, pero da la impresión de que realmente está resentido contigo.

–No tiene motivo para ello. Le salvé el pellejo más veces que las que puedo contar. En todo caso, está en deuda conmigo.

Ella alzó la cabeza.

–¿Se lo salvaste de quién?

–De nuestro padre. Le encantaba recalcar las cosas con un cinturón, o con el dorso de la mano, a veces incluso con los puños.

–¿Tu padre os golpeaba? –abrió mucho los ojos, le tocó la mejilla–. Deberías haber tenido una infancia mejor. No está bien que tus padres te fallaran de esa manera.

–Puede, pero el mundo no siempre funciona como debería.

–Y a pesar de ello, mira lo que has hecho con tu vida. Eres el aspirante a presidente ejecutivo de una empresa multimillonaria. Es un logro enorme.

–¿Quieres oír algo extraño? Tu padre prácticamente me ofreció un trabajo.

Ella rio.

–¿En serio?

–Me dijo que no le gustaba la idea de que su yerno trabajara para la competencia.

—¿Le recordaste que no eres su yerno?

—Bueno, aún no. Él hablaba del futuro no tan lejano.

Ella frunció el ceño.

—¿Es que planeamos casarnos en un futuro no tan lejano? Porque creo que el memorando con esa noticia no llegó a mi mesa.

—A menos que no quieras casarte conmigo —dijo él.

Ella se sentó y dejó la taza en la mesita.

—No he dicho eso. Simplemente, no sabía que tú quisieras casarte. En realidad jamás hemos hablado del tema.

—Te dije que quería que esto funcionara, que quería estar contigo. Tengo una idea que quería contarte —dijo él.

—Te escucho.

—He estado pensando que con el tiempo vamos a necesitar una casa más grande. Algo familiar, con un patio amplio para Max. Debido al trabajo, creo que sería mejor que esperáramos, pero no nos vendría mal empezar a buscar ahora.

—¿Estás seguro? ¿Y si encontramos algo de inmediato?

—En el peor de los casos, podríamos mudarnos y yo mantener mi antiguo piso como dirección formal de correo. Aunque dudo que alguien cuestione que compre una casa. Emilio, nuestro director financiero, tiene un montón de propiedades como inversión.

Todavía se la veía insegura.

–Si no quieres, podemos esperar –indicó él.

–No se trata de eso. Lo deseo. De verdad. Es que… todo va tan deprisa.

–Y a mí me parece que lleva un año y medio de retraso.

–No quiero que nos precipitemos. Quiero que tú estés seguro.

–Lo estoy –de hecho, hacía mucho tiempo que no estaba tan seguro de algo. Sería un necio en volver a dejarla ir.

–De acuerdo, entonces. Busquemos una casa –sonrió.

–Después de las fiestas, llamaré a un agente inmobiliario.

Ella volvió a apoyarse en su pecho y suspiró.

–Estoy agotada.

–¿Por qué no te metes en la cama? Yo apagaré y comprobaré cómo está Max.

–Nos vemos arriba.

Mientras se marchaba, bostezando y frotándose los ojos, Nathan apagó todas las luces de la casa y del árbol de Navidad. Luego se asomó a la habitación de Max. Dormía boca abajo y como de costumbre se había destapado.

Lo arropó y luego le dio un beso en la mejilla. Cuando los tres vivieran juntos, podría hacer eso todo el tiempo. Cerró la puerta y fue al dormitorio, preguntándose si Ana estaría demasiado cansada para hacer el amor.

Al llegar obtuvo su respuesta: estaba completamente dormida.

Capítulo Catorce

–¿Seguro que Nathan y tú estáis bien? –susurró Beth, tomando la copa vacía de champán de Ana para darle otra llena–. Esta noche apenas os habéis mirado.

–Esa es la cuestión –afirmó, bebiendo un poco del líquido espumoso.

Nathan y ella ya habían arreglado quedar cerca de la medianoche en una de las habitaciones de invitados de arriba para compartir un beso de Año Nuevo Y quizá algo más.

Desde la Nochebuena, él prácticamente había pasado cada noche en su casa. Cada día traía más cosas personales y había arreglado con el servicio de lavandería que le recogiera y entregara la ropa en su casa en vez de seguir haciéndolo en el piso de él.

De repente se acercó uno de los camareros para informarle de que se habían acabado las servilletas. Mientras Beth iba a la despensa para encargarse de la reposición, Ana se acercó al árbol que hacía que el suyo pareciera enano.

–Este sí que es un árbol –comentó Nathan al situarse junto a ella, como si mantuviera una conversación cortés con una invitada.

—Desde luego —convino Ana.

Se inclinó y musitó:

—Deja el nuestro como si fuera un arbusto.

—Es gracioso, pero yo estaba pensando lo mismo.

—El año próximo —dijo él.

—Como queramos uno tan grande, necesitaremos una habitación con un techo abovedado.

—¿Lo añadimos a la lista?

Como preparativo para la búsqueda de la casa, habían empezado a redactar una lista con todas las cosas que querían en un hogar. Nathan ya había encontrado algunas potenciales en Internet. Ana desearía poder desterrar la sensación de que avanzaban demasiado deprisa.

¿Temía confiar por todas las veces que la habían herido o porque su instinto le decía que algo iba mal? No estaba segura.

—¿Ana Birch? —dijo alguien a su espalda.

Se volvió y vio a una mujer baja, regordeta y vagamente familiar. Tenía el pelo rubio y ahuecado que acentuaba su rostro redondo, con un vestido quizá demasiado ceñido para alguien de su tamaño.

—¿Sí?

—¡Soy yo, Wendy Morris! —anunció entusiasmada—. ¡Del St. Mary's School para chicas!

Ana tardó un segundo en recordar a una aspirante regordeta a animadora que siempre estaba tan desesperada por ser aceptada por las chicas populares que terminaba por resultar pesada y molesta.

—Santo cielo, Wendy, ¿cómo estás? Hace siglos que no te veo.

Un hombre que parecía de la edad de Nathan, con pelo escaso y gafas redondas, enfundado en un esmoquin que no terminaba de encajar en su complexión fornida, cruzó la habitación. Wendy pasó un brazo por el suyo.

—Es David Brickman, mi marido. David, te presento a Ana Birch, mi buena amiga del instituto.

Más bien conocidas, aunque Ana no la corrigió. Aceptó la mano extendida de David. Estaba caliente y húmeda.

—Encantado de conocerte —dijo él, aunque ni siquiera la miraba. Tenía la vista clavada en Nathan.

Wendy alzó la vista hacia Nathan y le preguntó a Ana.

—¿Y este es tu…?

—Nathan Everett —intervino él, estrechándole la mano antes de extenderla hacia David.

Este la miró y luego miró furioso y con la cara enrojecida a Nathan.

Ana no entendió nada.

—No tienes idea de quién soy, ¿verdad? —preguntó David.

Nathan parpadeó y ella vio que hurgaba en su memoria.

—Fuimos juntos a la escuela preparatoria —explicó David con tal veneno en la voz que desconcertó a Ana.

¿Quién era ese sujeto y por qué se mostraba tan abiertamente grosero?

Nathan debió de reconocerlo, porque de repente palideció.

–David, por supuesto –dijo, pero daba la impresión de estar asqueado.

–Vámonos, cariño –dijo David, arrastrando a su desconcertada esposa en la dirección opuesta.

–¿Qué diablos ha sido todo eso? –susurró Ana.

–Luego –repuso Nathan antes de marcharse también él.

No podía ir tras él sin despertar sospechas, pero quería saber qué estaba pasando. Quizá Beth tuviera alguna idea.

Al no encontrarla abajo, se dirigió al dormitorio principal de la planta de arriba. La puerta estaba cerrada, así que llamó con gentileza.

–¡Bajo en un minuto! –anunció Beth.

–Soy Ana. ¿Estás bien? –preguntó.

Después de un silencio, la puerta se abrió. Y pudo ver que su prima había estado llorando.

–Beth, ¿qué sucede?

Metió a Ana en la habitación y cerró la puerta.

–No es nada.

–Evidentemente es algo o no estarías llorando.

–Se trata de Leo –se encogió de hombros–. Ya sabes cómo son los hombres.

–¿Qué ha hecho?

–Fui a la despensa en busca de servilletas y él estaba allí –con voz trémula añadió–: Con una asistente legal de su bufete.

–Ese canalla –dijo Ana, furiosa en nombre de Beth. Lo había visto hacía unos minutos y no había parecido arrepentido en absoluto. Siempre había creído que Leo era el marido y el padre perfectos y que Beth y él tenían el matrimonio ideal. La fantasía se había esfumado–. ¿Crees que ha sido una indiscreción menor o mantiene una aventura?

–En el último mes se ha quedado siempre hasta tarde en el bufete y ha recibido llamadas al móvil que ha tenido que contestar en su despacho. Y nuestra vida sexual ya es inexistente, así que conjeturo que ella es el nuevo sabor del mes.

–¿Del mes? ¿Quieres decir que ya ha hecho lo mismo otras veces?

–Por lo general es mucho más discreto. Jamás ha traído a una a casa. Al menos que yo sepa– Siempre dice que lo lamenta y que no se repetirá, pero nunca es así. Pensé que cuando nos casáramos sentaría la cabeza, que yo sería suficiente.

¿Ya lo hacía desde la universidad y a pesar de ello Beth se había casado con él?

–¿Por qué dejas que te trate de esta manera?

–Lo amo. Además, ¿qué alternativa tengo? No quiero ser una madre soltera divorciada. Mis padres adoran a Leo. Es de una buena familia y tiene la carrera perfecta. Quedarían horrorizados.

Ana quería a sus tíos, pero siempre le habían dado demasiada importancia a las apariencias.

–Al cuerno tus padres. Debes hacer lo correcto para ti.

–No soy como tú, Ana –se limpió los ojos con un pañuelo–. No soy fuerte. No me gusta estar sola.

–No soy fuerte… soy la persona más insegura del

mundo. Pero es mejor estar sola y desdichada que con alguien que muestra tan poco respeto por ti. Mereces algo mucho mejor. Y piensa en el mensaje que le transmites a tu hija.

–Parecía realmente arrepentido y dijo que le pondría fin, y que no se repetiría. Quizá esta vez habla en serio.

¿Por qué iba a parar cuando sabía que podría librarse sin siquiera una reprimenda?

–Beth, necesitas hacer algo. Si no quieres dejarlo, entonces dile que quieres ir a un consejero matrimonial.

–Pero mis padres…

–Olvídate de tus padres. Haz lo mejor para ti y para Piper –tomó la mano de Beth y se la apretó–. Yo estaré a tu lado y te ayudaré en todo lo que pueda.

–Lo pensaré –irguió los hombros–. He de arreglarme la cara y volver junto a los invitados. Falta poco para el año nuevo.

Y Ana temió que para Beth sería un año desdichado. Sin importar lo que decidiera.

La dejó sola y regresó abajo. Casi choca con Nathan mientras éste subía las escaleras.

–¿Dónde has estado? –susurró él, a pesar de que no había nadie cerca que pudiera oírlos.

–En el dormitorio. Tenemos que hablar. No te vas a creer lo que ha pasado.

–En realidad, me iba.

–¿Te ibas? ¿A casa? Pero… Jenny tiene a Max toda la noche. Podemos trasnochar.

–No estoy de humor para celebraciones.

«¿Qué diablos?», pensó. «¿Cómo una noche que ha empezado tan bien puede hundirse de semejante manera?»

–¿Es por David Brickman? ¿Por qué fue tan grosero contigo?

–Es una historia larga.

–Que me encantaría oír –lo condujo de vuelta hasta la habitación de invitados de arriba, donde habían planeado encontrarse.

Una vez dentro con la puerta cerrada, él preguntó:

–¿Qué ha pasado contigo?

–Conmigo, no. Con Beth. Sorprendió a Leo en la despensa con una mujer de su trabajo. Me ha dicho que lleva años engañándola. Incluso desde la universidad, antes de casarse.

–Lo sé.

–¿Lo sabes? –repitió boquiabierta.

–Viví en la misma casa que él durante dos años. No se puede afirmar que intentara ocultarlo.

–¿Por qué jamás lo mencionaste?

–¿Qué se suponía que debía decir? ¿Quién soy yo para juzgar a alguien?

–¿O sea que piensas que esa clase de comportamiento es aceptable?

–Claro que no –suspiró.

–Ni siquiera entiendo cómo puedes ser amigo de alguien así.

–A mí no me engañó. Lo que Leo haga o deje de hacer, y con quién lo haga, no es asunto mío.

Ana respiró hondo y soltó despacio el aliento.

–Tienes razón. No pretendía saltar sobre ti. Lo que pasa es que me siento tan enfadada ahora. Con Leo por herir a Beth, y con Beth por permitirlo.

–Lo sé –la abrazó largo rato.

Justo lo que ella necesitaba. Cuando se separaron, volvió al tema que más le preocupaba en ese momento.

–Bueno, ¿qué pasa con ese David Brickman? ¿Por qué fue tan grosero contigo? Oh, y para que quede constancia, yo no era «una buena amiga» de Wendy en el instituto. Apenas la conocía. Y es evidente que tiene un gusto deplorable para elegir marido.

–En realidad, la actitud de él estaba completamente justificada.

–¿Qué? ¿Qué llegaste a hacerle?

–Hay cosas sobre mí de las que no te he hablado. Cosas que preferiría olvidar.

–¿Como cuáles?

–Ya sabes que en el colegio siempre está ese chico que abusa de los más pequeños y débiles, ¿no? El que siempre se mete en problemas, en peleas.

–Por supuesto. ¿Era ese hombre? Aunque no creo que diera la talla.

–No, era yo.

Ella se quedó boquiabierta.

–Nathan, tú eres el hombre más amable, paciente y cariñoso que jamás he conocido.

—No siempre ha sido así. Mi padre abusó de mí, de modo que yo fui al colegio y abusé de los chicos más pequeños y débiles que yo. El terapeuta al que veía dijo que eso me hacía sentir fuerte y potenciado.

—¿Veías a un terapeuta?

—En el instituto. Fue una resolución judicial como parte de mi libertad condicional.

—¿Libertad condicional?

—Después de enviar a mi padre al hospital.

—¿Qué pasó? —inquirió con aliento contenido.

Se sentó en el borde de la cama y ella lo hizo a su lado.

—Me habían vuelto a suspender por pelearme, y como de costumbre, eso significaba una paliza de mi padre. Pero no sé, algo dentro de mí se quebró y por primera vez le planté cara. Lo tumbé de un puñetazo y al caer se abrió la cabeza con la cómoda. Me arrestaron por agresión.

Por fin había sido capaz de hablar de ello.

Ana añadió:

—A mí me parece más a defensa propia.

—La policía no creyó lo mismo. Por supuesto, no escucharon toda la historia. Mi madre se puso del lado de mi padre, claro. Aunque el lado bueno es que fue la última vez que me puso la mano encima, así que no fue una pérdida total. Y la terapia me ayudó mucho a tratar con mi ira. Aunque hasta la actualidad puede ser un desafío.

Lo peor era que recibía la clara impresión de que, a pesar de todo lo que había superado y logrado, Nathan aún creía que, de algún modo, tenía una fallo grave.

Y temía que no hubiera nada que ella pudiera hacer.

Absolutamente nada.

Capítulo Quince

Nathan se hallaba en la sala de conferencias con su equipo repasando el horario final para un anuncio televisivo que comenzaría a rodarse al día siguiente cuando recibió una llamada de Adam.

–Necesito hablar contigo –le dijo y algo en su tono le indicó que no se trataba de buenas noticias.

–¿No puede esperar? Ya casi hemos terminado aquí.

–No, no puede.

–Voy ahora mismo.

Mientras subía en el ascensor, esperó que no tuviera nada que ver con Jordan y que no hubieran descubierto más pruebas que lo incriminaran. Después de la Navidad y de ver a su hermano jugando con Max, albergaba la esperanza de que su relación dañada pudiera repararse. Desde luego, aún no estaba seguro de qué era lo que la había dañado en primer lugar, pero las cosas ya no parecían tan tensas como en el pasado.

–Entre directamente –le indicó la secretaria de Adam.

Adam estaba sentado detrás de su escritorio, con el sillón de cara al ventanal. Debió de oírlo pasar, porque sin volverse dijo:

–Cierra la puerta –y añadió–: Siéntate.

Hizo lo que le pidió. Lo sorprendió que no estuviera Emilio y que Adam no dijera nada más. Tras un minuto de silencio, Nathan expuso:

–¿Se supone que he de adivinar por qué estoy aquí?

Finalmente el otro se volvió para mirarlo con cara pétrea.

–Hoy he recibido unas noticias perturbadoras.

–¿De la agencia de investigación?

Adam movió la cabeza.

–De otra fuente. Pero tiene que ver con la investigación.

–¿Es sobre Jordan?

–No, sobre ti.

–¿Sobre mí? –el corazón le dio un vuelco.

–Me han informado de que tienes vínculos con Birch Energy. Que tienes una conexión con la hija del dueño y que recientemente mantuviste una reunión con el mismo Walter Birch. Dime que no es verdad.

Era Jordan. No podía ser otro. ¿Esa era su idea de una lucha justa?

Cerró las manos con fuerza. Si iba a explotar, no podía hacerlo allí. Y no le quedaba otra alternativa que contarle a Adam todo.

–No tuve una reunión con Walter Birch. Los dos pasamos el día de Navidad en la casa de su hija.

–¿Por qué? –Adam enarcó las cejas.

–Tengo una relación con Ana Birch –repuso–. Y tenemos un hijo.

Adam se mostró realmente sorprendido.

—¿Desde cuándo?

—Yo acabo de enterarme de que es mío —contestó—. Aproximadamente hace un mes. Antes de eso, no vi ni hable con Ana en un año y medio.

—Así que no estabas en contacto con ella en el momento del accidente —quiso saber Adam.

—No, no lo estaba.

Adam se mostró aliviado.

—La fuente no dijo abiertamente que tú fueras el saboteador, pero sí lo insinuó con fuerza.

Hasta ahí llegaba la devoción fraternal.

—No pienses ni por un segundo que no sé quién es esa «fuente». Además de Walter Birch, mi hermano es la única persona que sabe de mi relación con Ana. Estaba en la casa en Navidad durante mi supuesta reunión.

—Esa persona parecía auténticamente preocupada, Nathan.

—No lo está. Solo quiere ganar. Y al parecer hará cualquier cosa para que así sea, incluyendo acusaciones falsas contra su propio hermano —y después de que él lo hubiera defendido. Nunca más. Habían acabado. En cuanto terminara con Adam, su hermano menor y él iban a mantener una conversación. La última.

—¿Es una relación seria? —preguntó Adam.

—Planeamos casarnos. Pero eso no disminuirá de ninguna manera mi lealtad a Western Oil.

—Lo creo, pero convencer al resto de la junta no será fácil.

–¿Me estás diciendo que mi trabajo está en juego?

–Mientras yo sea presidente, tu trabajo está seguro. Pero si el resto de la junta se entera, podrías quedar fuera de la carrera por la presidencia. De hecho, casi puedo garantizarlo.

–Lo que me estás diciendo es que estoy fastidiado.

–He dicho si la junta se entera. Yo no pienso contárselo, pero tampoco puedo impedir que alguien filtre la información.

–¿No crees que la junta vea sus intentos de desacreditarme?

–En vista del sabotaje, creo que la junta lo considerará una preocupación legítima. La reunión es el miércoles próximo. Si surge, haré lo que pueda para mitigar la situación. Pero no puedo prometerte nada. Lo único que puedo decirte es que a menos que haya pruebas de una violación directa de los términos del contrato, tu actual posición está asegurada. Y por lo que a mí respecta, no existe base alguna para la cancelación de dicho contrato.

Pero sus posibilidades de alcanzar la presidencia prácticamente se habían ido por el retrete.

Abandonó la oficina de Adam y fue directamente al despacho de Jordan, su ira crecía con cada paso que daba.

Se saltó las protestas de la secretaria y entró directamente.

–¿Puedo llamarte en unos momentos? –le dijo Jordan a la persona con quien estuviera hablando antes de colgar–. Cielos, Nathan, ¿nunca has oído eso de llamar antes de entrar?

Nathan cerró de un portazo.

–Canalla hijo de…

–¿Hay algún problema? –Jordan enarcó las cejas.

–¿De verdad pensaste que no me enteraría de que fuiste tú quien me había delatado? ¿Es esta tu idea de un combate justo?

–Tal como yo lo veo, no hay nada injusto en lo que he hecho.

–¿Y no te molesta en absoluto haber traicionado a tu hermano?

El otro rodeó el escritorio con indiferencia.

–Esto no tiene nada que ver con que seamos parientes. Son negocios. Pensé que conocerías la diferencia.

–Me miraste a los ojos y me mentiste –se acercó a su hermano–. Después de todos los años que cuidé de ti y te protegí…

–¿Quién te lo pidió? –gruñó Jordan con vehemencia–. Jamás necesité ni quise tu protección.

–No te importa nadie más que tú, ¿verdad?

–Voy a vencerte, Nathan. Y no tiene nada que ver con la experiencia, la cultura o quién es más fuerte. La cuestión es que yo no me acuesto con la hija de nuestro competidor directo, y tú sí –se acercó más, hasta quedar cara a cara–. Aunque por lo que he leído, probablemente tú no eres el único.

Antes de darse cuenta de lo que hacía, impactó el puño con solidez en la mandíbula de Jordan, haciéndolo retroceder varios metros. Así era su temperamento. Surgía de la nada y lo cegaba. Y después de pasar gran parte de su infancia protegiendo a su hermano menor, jamás imaginó que sería él quien lo golpeara.

Jordan apretó un pañuelo que sacó del traje contra la boca sangrante.

–Tanta terapia, y has terminado como él.

Las palabras de su hermano llegaron hasta el fondo de su ser… porque tenía razón.

¿Y si algún día Ana lo irritaba? ¿O Max? Se largó de la oficina de Jordan hacia los ascensores. ¿Qué clase de hombre sería si ponía a su propio hijo y a la madre de este en peligro?

Un monstruo.

Bajó al vestíbulo y fue hacia su coche. Sin recordar cómo, se encontró ante la casa de Ana. Entró usando su llave, pero no había nadie en la casa.

Estaba en el baño recogiendo sus cosas cuando Ana apareció en la puerta.

–Eh, ¿para qué es esa bolsa…? –dio un paso atrás al verle la cara–. Santo cielo, estás pálido como un folio de papel. ¿Qué ha pasado?

–Tengo que irme.
–¿Por qué? ¿Adónde vas?
–De vuelta a mi piso –al ver su expresión confusa, agregó–: Para siempre.

El corazón le dio un vuelco.

–¿Me estás dejando?
–Créeme cuando digo que estarás mejor sin mí.

Los dos lo estaréis –fue al dormitorio para meter la ropa en la bolsa, sentado en la cama.

Ella se dijo que eso no podía estar sucediendo otra vez.

–Nathan, por favor, cuéntame qué ha pasado. ¿He hecho algo mal?

–Tú no has hecho nada –cerró la cremallera de la bolsa–. Jordan me delató.

Lo sabía. Sabía que no podían confiar en él.

–¿Me dejas para poder ser presidente?

–No tiene nada que ver con el trabajo. Soy yo. Me enfrenté a él, intercambiamos palabras y lo golpeé.

Si su hermano la hubiera traicionado de esa manera, ella habría hecho lo mismo.

–Me parece que se lo merecía.

–La violencia jamás es la respuesta. No es seguro para ti estar conmigo. Ni en especial para Max.

–Nathan, eso es ridículo. Una cosa es meterse en una pelea sin provocación alguna, abusar de alguien, pero Jordan te traicionó y perdiste los estribos. Tú jamás harías nada para hacernos daño a Max y a mí.

–¿Estás segura? ¿Vale la pena correr ese riesgo?

–Segura en un cien por ciento.

–Pues yo no –recogió la bolsa y se dirigió a la puerta.

–¡No! –exclamó, siguiéndolo–. No vas a volver a hacerme esto, ¡maldita sea! –no le permitió abrir la puerta–. Necesitamos hablarlo, Nathan.

La miró con expresión cansada y resignada.

Igual que la última vez y en ese instante Ana supo que él no iba a cambiar de parecer.

–No hay nada que decir.

–Dijiste que no me harías daño –la punzada en su corazón fue tan intensa que hizo una mueca.

–Creía haber cambiado. Me equivoqué.

–¿Y qué pasa con Max? Te necesita.

–Está mejor sin mí.

Sin mirarla, asió el pomo de la puerta. Sin importar el tiempo que bloqueara la puerta, él se marcharía. Se apartó y Nathan la abrió.

–Si te vas, es el fin. No pienso darte otra oportunidad. Ni conmigo ni con Max. Atraviesa esa puerta y estás fuera de esta vida para siempre.

Él se detuvo. Quizá la realidad de perderlos para siempre le devolviera algo de sentido común.

–Lo siento, Ana –luego salió y desapareció.

Al marcharse estuvo conduciendo durante horas. Sabía que debería ir a casa, pero su piso ya no era su hogar. Al final se decantó por un hotel, donde había pasado la última semana. En cuanto al trabajo, funcionaba con el piloto automático.

Echaba de menos a Ana y a Max. Nunca había imaginado que se podría extrañar tanto a alguien. Había un vacío en su alma y en la esencia de quién era. Su vida sin ellos no tenía sentido.

Desde el enfrentamiento no había hablado con su hermano, pero éste llamó a la puerta de su despacho el miércoles por la mañana. Debería haberle dicho que se largara, pero cuando estaban en el trabajo, no le quedaba más opción que hablar con él.

—¿Tienes un minuto? –preguntó Jordan. Con un gesto le indicó que pasara–. La reunión de la junta es esta tarde –comentó como si Jordan no lo supiera.

—Así es.

—Deberías saber que planeaba entrar allí y contarles lo tuyo con Ana.

—Hasta ahí llega mi imaginación.

—Pues he cambiado de idea. No lo haré.

—¿Se supone que debo agradecértelo?

—No. Pensé que querrías saberlo.

—De todos modos, ya no importa. Rompimos hace una semana.

—¿Rompisteis? –se mostró sinceramente desconcertado–. ¿Por qué?

—¿Qué importa?

—Nathan, si es por lo que yo dije…

—¿Cuando insinuaste que la mujer que amo es una mujerzuela?

—Solo intentaba provocarte –dijo con arrepentimiento–. No pensé que fueras a tomarme en serio.

—Entonces te aliviará saber que no tiene nada que ver con eso.

—Maldita sea, lamento que no funcionara. ¿Y Max?

—Tampoco lo veré.

—¿Qué? ¿Te lo impide ella?

—Es por elección propia.

−¿Te has vuelto loco? Tú adoras a ese crío. Y él a ti. Jamás te he visto tan feliz.

−Es el único modo de mantenerlos a salvo.

−¿De qué?

−De mí. Como dijiste, soy como él.

Jordan puso los ojos en blanco.

−Jordan, fueron palabras pronunciadas en el calor del momento. Solo intentaba irritarte, forzarte a pegarme.

−¿Querías que te pegara?

−Porque cuando lo hicieras sabía que eso haría que te sintieras fatal. No sé, quizá por todo el peso que he cargado todos estos años.

−Estás resentido conmigo. Jordan, yo te...

−Tú cuidaste de mí, lo sé. Me defendiste contra todo el condenado mundo. ¿Alguna vez se te ocurrió dejar que me defendiera yo mismo o que en vez de librar mis propias batallas me enseñaras a hacerlo por mi propia cuenta? Quizá no necesitaba que fueras mi eterno salvador.

Las palabras aturdieron a Nathan.

−Supongo que, ya que era mayor, consideré que mi responsabilidad era cuidar de ti.

Jordan continuó:

−¿Te haces una idea de lo culpable que me sentía cuando papá te pegaba por algo que había hecho yo? Pasado un tiempo, empecé a estar resentido contigo por pensar que era demasiado débil para cuidar de mí mismo. Luego llegó hasta el punto en que disfrutaba metiéndote en problemas y ver las palizas que recibías por cosas que yo había hecho. Quería que te sintieras tan débil y pequeño como yo.

—Solo intentaba ayudar. No tenía idea de que hacía que te sintieras de esa manera.

—Ahora lo sé –se encogió de hombros–. Y lo de Ana y Max no quieres estropearlo. Lo lamentarás el resto de tu vida.

—Lamentaré más si les hago daño.

—No lo harás. Con los años, te he dado cientos de motivos para pegarme, y mira lo que tardaste en llegar a hacerlo de verdad. Y sin importar lo mucho que te empujo, sigues ahí para mí –hizo una pausa y añadió–: Lo que, supongo, en cierto sentido te convierte a ti en el débil, y no a mí.

—¿Porque si te pidiera que fueras a buscarme a un bar por la noche tú…?

—Te diría que llamaras un condenado taxi, luego me daría la vuelta y seguiría durmiendo.

Nathan no supo cómo lo sabía, pero tenía la certeza de que no sería eso lo que haría Jordan. Si no le importara a su hermano, no estarían manteniendo esa conversación. Quizá aún había esperanza para ellos.

—No pienses que esto cambia algo –continuó Jordan–. En cuanto al puesto de la presidencia, voy a vencerte. Luego seré tu jefe. Piensa en lo divertido que será eso.

—Primero tendrás que pasar por encima de mi cadáver.

Jordan sonrió, dio media vuelta y abandonó el despacho.

Nathan permaneció allí sentado un rato, aturdido, tratando de procesar lo que acababa de suceder, luego recogió el abrigo, salió y le dijo a su secretaria que cancelara todas sus citas de ese día y que regresaría tarde.

Y en vez de conducir en círculos, se encontró en el lugar en que menos esperaba estar. La casa de su padre.

Capítulo Dieciséis

La mansión de la familia Everett tenía el mismo aspecto que la última vez que Nathan había estado allí hacía diez años, y diez años antes que eso. En toda su vida no creía que hubiera cambiado mucho.

No tenía ni idea de por qué estaba allí o de lo que planeaba hacer. Subió los escalones y se detuvo ante la puerta. Fue a llamar pero se detuvo.

Se preguntó qué diablos hacía allí. Había un muy buen motivo por el que había pasado los últimos diez años evitando ese lugar. A su padre. Eso no solucionaría nada.

Se volvió para marcharse pero se detuvo. De algún modo supo que hasta que no se enfrentara a su padre, no podría seguir adelante con su vida. Estaría atrapado en un ciclo perpetuo de duda del que tal vez nunca pudiera salir. Necesitaba hacerlo por sí mismo y por Max.

Antes de poder cambiar de idea, giró y llamó a la puerta.

Abrió el ama de llaves. Al ver quién se encontraba allí, se llevó una mano al pecho. El cabello parecía más plateado que rubio con el paso del tiempo.

–¡Nathan! ¡Santo cielo, han pasado años!

–Hola, Sylvia. Por casualidad, ¿está mi padre en casa?

–De hecho, sí. Está superando un resfriado y hoy trabaja desde aquí.

–¿Puedes decirle que he venido?

–¡Por supuesto! Pasa. ¿Me permites tu abrigo?

–No puedo quedarme mucho tiempo.

–Bien, iré a buscarlo, entonces.

Mientras marchaba hacia el estudio, Nathan echó un vistazo. A diferencia del exterior, alguien le había dado un buen retoque al interior. Los chillones y horribles tonos pastel que tanto le habían gustado a su madre habían sido reemplazados por un toque más del sudoeste. Probablemente un cambio producido por una de las múltiples esposas de su padre.

–¡Nathan! ¡Qué sorpresa!

Giró y vio a su padre caminando hacia él y parpadeó sorprendido. Por algún motivo, había esperado verlo igual que la última vez. Y aunque solo habían transcurrido diez años, parecía como si hubiera envejecido el doble que eso. Estaba canoso y su cara era un surco de arrugas. Y aunque mantenía la misma estatura de siempre, parecía más pequeño, una versión más reducida de su antiguo yo.

–Hola, papá.

–Te estrecharía la mano, pero tengo un terrible resfriado. No querría arriesgarme a pasarte mis gérmenes. ¿Por qué no vamos a sentarnos a mi despacho? ¿Te apetece una copa?

–No puedo quedarme mucho tiempo.

—Tu hermano me ha contado que ambos competís para el puesto de presidente ejecutivo de Western Oil.

Eso no debió crisparlo, pero lo hizo.

—No he venido para hablar de Jordan –espetó.

Su padre se encogió de forma visible, asintió y se metió las manos en los bolsillos de los pantalones.

—De acuerdo, ¿para qué has venido?

En realidad, no tenía ni idea.

—Ha sido una mala ocurrencia –dijo–. Lamento haberte molestado –quiso girar hacia la puerta, pero descubrió que no podía hacerlo, al menos hasta no haber obtenido algunas respuestas–. Tengo un hijo.

Su padre parpadeó sorprendido.

—No… no lo sabía. ¿Qué edad tiene?

—Nueve meses. Se llama Max.

—Felicidades.

—Es precioso e inteligente y lo quiero más que a la vida misma, y probablemente no volveré a verlo jamás –sintió un nudo en la garganta.

—¿Por qué?

—Porque tengo mucho miedo de hacerle lo que tú me hiciste a mí –no había esperado soltar eso y era evidente que su padre tampoco. No había nada como ir al grano.

—¿Por qué no pasas y te sientas? –dijo su padre.

—No quiero sentarme. Solo quiero saber por qué lo hiciste. Dímelo, para que pueda saber cómo ser diferente.

—No pasa ni un solo día sin que lamente cómo os

traté a tu hermano y a ti. Sé que no fui un gran padre.

–Eso no me ayuda.

–Supongo... –su padre se encogió de hombros– que fue el modo en que me educaron. Era lo único que conocía.

Estupendo. De modo que era una especie de retorcida tradición familiar.

–En otras palabras. Estoy fastidiado.

–No. Tienes una elección –movió la cabeza–. Igual que yo. Yo elegí no cambiar. Pasé veinte años desdichados con una mujer a la que amaba más que a la vida misma y lo único que ella quería de mí eran mi apellido y todo el dinero que pudieran recoger sus manos codiciosas. Estaba amargado y con el corazón roto y en vez de descargarlo sobre la persona que se lo merecía, lo hice sobre mis hijos.

–¿Realmente la amabas? –le costaba creer algo así. Era una mujer tan... poco merecedora de amor. De una hermosura deslumbrante, sí, pero fría y egoísta.

–Por supuesto que la amaba. ¿Por qué crees que me casé con ella.

Empezaba a creer que todo lo que conocía sobre su vida estaba equivocado.

–Has dicho que es por el modo en que te educaron, pero, ¿tu padre no murió cuando tenías cuatro años?

–La verdad es que no me acuerdo de él, pero, hasta donde yo sé, él jamás me puso una mano encima.

Tardó un segundo en asimilarlo.

—¿Insinúas que la abuela…?

—Parecía inofensiva, pero esa mujer era tan mezquina como una serpiente. Resumiendo, tu abuela era una persona muy infeliz, igual que yo. Yo era una lamentable excusa de padre. Y en ninguna parte está escrito que tu destino sea parecerte a mí. Puedes ser la clase de padre que tú quieras. La elección es tuya.

Si la elección era suya, entonces elegía ser distinto. Y si cometía errores, serían suyos, y con suerte aprendería de ellos a lo largo del camino.

—He de irme —le dijo a su padre.

El hombre mayor asintió… pero pareció triste. Y por un segundo Nathan sintió pena por él.

—Quizá puedas venir por aquí alguna vez —le dijo su padre—. No sé si tu hermano te lo contó, pero voy a casarme. Otra vez.

—Lo mencionó.

—Quién sabe —se encogió de hombros—, tal vez este dure.

—Tal vez pueda traer a Max algún día para que te vea.

—¿Eso significa que tú volverás a verlo?

Si Ana se lo permitía. Y aunque no lo hiciera, formar parte de la vida de su hijo era algo por lo que consideraba que valía la pena luchar.

Pero antes de esa batalla, tenía que sabotear una junta administrativa.

***

Sonó el timbre y el corazón le dio un vuelco, igual que durante toda la semana. Pero no iba a ser Nathan. Nunca lo era. Y aunque lo fuera, no quería verlo, pero era una reacción automática.

Al abrir contuvo el aliento al verlo justo a él de pie en el porche.

—Hola —dijo Nathan.

A Ana se le cayó el corazón a los pies. Se lo veía tan bien, que durante un segundo olvidó enfadarse. A punto estuvo de arrojarse a sus brazos.

—Estoy muy enfadada contigo —dijo, más para recordárselo a sí misma.

—Solo quiero hablar.

Ella sintió un escalofrío. «Hagas lo que hagas, sigue furiosa. No te eches en sus brazos».

Entró y se quitó el abrigo. Seguía con el traje del trabajo.

—¿Está Max?

Ella movió la cabeza.

—Está jugando en la casa de Jenny.

—Bien. Podremos charlar sin distracciones. ¿Podemos sentarnos?

Esa era una mala idea. Lo quería cerca de la puerta en caso de que decidiera echarlo de un empujón por si a cualquiera de los dos se les ocurría alguna idea rara.

—Aquí estoy a gusto.

Él se encogió de hombros.

—De acuerdo.

—Bien, ¿de qué querías hablar?

—He tenido un día interesante.

–¿Sí? ¿Y por qué debería importarme?

–Mi hermano y yo hemos mantenido una conversación franca. Creo que quizá hayamos resuelto algunas cosas.

–Eso es bueno, supongo. Aunque yo seguiría sin confiar en él.

–Y he ido a ver a mi padre.

Eso sí que no se lo había esperado.

–¿Por qué?

–No estoy seguro. Fui a dar un paseo y terminé en su casa. Quizá mi subconsciente pensó que si tienes un problema, lo mejor es plantarle cara.

–¿Y cómo fue? –preguntó, cruzando los brazos.

–Fue… esclarecedor. Al parecer, la realidad es que amaba a mi madre, y cuando le propuso matrimonio, ella no estaba embarazada. La amaba tanto, que siguió casado con ella, a pesar de que sabía que solo buscaba su dinero. Y fue desdichadamente infeliz.

–Es triste.

–Supongo que es la diferencia entre tú y yo. Yo no fui infeliz. Al menos no hasta que fastidié todo. Antes de eso, fui realmente feliz.

Sí, ella también.

–Supongo que quería arreglarme –continuó él–. Solo necesitaba descubrir que la única persona que puede arreglarme soy yo.

–¿Me estás diciendo que ya lo has conseguido?

–Digo que he aislado el problema, y aunque no he llegado a una solución completa, no cabe duda de que voy progresando. Pero hay un problema.

—¿Qué problema?

—Estoy enamorado de ti, y echo de menos a mi hijo, y sin vosotros dos en mi vida de forma permanente, no creo que pueda ser feliz.

«Ni pienses en ello. No vas a darle otra oportunidad». Estaba a centímetros de la puerta...

—Hoy me presenté ante la junta.

—¿Para qué?

—Para hablarles de Max y de ti. Les aseguré que estar casado con una Birch no iba a reducir mi lealtad a Western Oil. No sé si me creyeron, pero no me han eliminado de la carrera. Supongo que el tiempo lo dirá.

—Nathan, ¿por qué lo has hecho?

—Porque estaba mal ocultaros. Max es mi hijo. Mantener su existencia en secreto es lo mismo que decir que me avergüenzo de él. Y no es así. Lo quiero y estoy orgulloso de él y deseo que todo el mundo lo sepa. Y deseo que sepan que amo a su madre y que anhelo pasar el resto de mi vida amándola —le acarició la mejilla—. Y para mí ella es lo más importante. No el trabajo.

Había esperado mucho tiempo para que alguien la antepusiera a todo.

—¿Sabes?, me estás dificultando mucho mantenerme enfadada contigo.

—Es parte del objetivo —sonrió—, ya que no me vendría mal una última oportunidad.

Como si en ese momento existiera alguna esperanza de poder oponerse a él.

La rodeó con los brazos y la acercó.

—Te he echado de menos. Y a Max. Ha sido la peor semana de mi vida.

—Para mí también —aunque en ese momento se sentía bien. Realmente bien.

—Te amo, Ana.

—Yo también te amo. ¿Qué te parece si voy a buscar a Max? Se va a sentir tan feliz de verte...

—Espera. Antes tenemos que hablar de otra cosa.

—¿De qué?

Él sacó una caja pequeña del bolsillo de la chaqueta. Ana tardó un segundo en darse cuenta de que se trataba de un estuche de terciopelo. Luego, literalmente, Nathan se apoyó sobre una rodilla.

Él abrió el estuche y dentro había un solitario. Era tan hermoso que la dejó sin aliento.

—Ana, ¿me harías el honor de ser mi esposa?

Había fantaseado con ese día desde pequeña. Estaba consiguiendo todo lo que quería. Y mucho más.

—Sí, lo haré, Nathan —respondió entre lágrimas, aunque en esa ocasión de felicidad.

Y con una sonrisa él le introdujo el anillo en el dedo.

Deseo

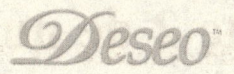

Dulce escándalo
ANN MAJOR

La vida de Zach Torr cambió en cuanto vio a Summer Wallace. Nunca había podido olvidar cómo se había burlado de él cuando se amaron de adolescentes. El rico magnate había estado esperando la oportunidad perfecta para hacer que su antigua amante pagara por su traición. Así que cuando la vio afectada por un escándalo, aprovechó la ocasión.

Su plan era sencillo: Summer sería suya cada fin de semana hasta que él decidiera que se había acabado. Sus reglas no le permitían tener una relación sentimental ni fantasear con un final feliz. Pero el descubrimiento de un viejo secreto podía hacer que todo cambiara.

Todo podía cambiar en un instante

¡YA EN TU PUNTO DE VENTA!

Acepte 2 de nuestras mejores novelas de amor GRATIS

¡Y reciba un regalo sorpresa!

Oferta especial de tiempo limitado

Rellene el cupón y envíelo a
Harlequin Reader Service®
3010 Walden Ave.
P.O. Box 1867
Buffalo, N.Y. 14240-1867

¡Sí! Por favor, envíenme 2 novelas de amor de Harlequin (1 Bianca® y 1 Deseo®) gratis, más el regalo sorpresa. Luego remítanme 4 novelas nuevas todos los meses, las cuales recibiré mucho antes de que aparezcan en librerías, y factúrenme al bajo precio de $3,24 cada una, más $0,25 por envío e impuesto de ventas, si corresponde*. Este es el precio total y es un ahorro de casi el 20% sobre el precio de portada. !Una oferta excelente! Entiendo que el hecho de aceptar estos libros y el regalo no me obliga en forma alguna a la compra de libros adicionales. Y también que puedo devolver cualquier envío y cancelar en cualquier momento. Aún si decido no comprar ningún otro libro de Harlequin, los 2 libros gratis y el regalo sorpresa son míos para siempre.

416 LBN DU7N

Nombre y apellido	(Por favor, letra de molde)
Dirección	Apartamento No.
Ciudad	Estado Zona postal

Esta oferta se limita a un pedido por hogar y no está disponible para los subscriptores actuales de Deseo® y Bianca®.
*Los términos y precios quedan sujetos a cambios sin aviso previo.
Impuestos de ventas aplican en N.Y.

SPN-03 ©2003 Harlequin Enterprises Limited

Bianca

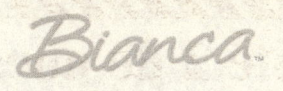

Estaba decidido a hacerla suya

Entre los espectaculares viñedos de Argentina, Nicolás de Rojas y Magdalena Vázquez tuvieron un romance secreto… hasta que Magda descubrió un devastador secreto sobre Nic, y huyó sin tan siquiera despedirse.

Magda volvió al heredar una propiedad deteriorada, y se encontró a merced de Nic… precisamente donde quería tenerla. Él poseía una de las bodegas más prestigiosas de Argentina y ella necesitaba su ayuda desesperadamente. Pero no estaba segura de poder aceptar la condición que Nic le imponía: pasar una noche con él… para acabar lo que habían empezado ocho años atrás.

Una sola noche contigo

Abby Green

¡YA EN TU PUNTO DE VENTA!

Más que una noche
HEIDI RICE

Nick Delisantro era famoso por sus guiones, su atractivo y su aspecto de chico malo. Eva, sin embargo, había pasado desapercibida toda su vida. Ahora debía reunirse con aquel hombre alto, pensativo y moreno y aprovechar la única oportunidad que tenía para conseguir un ascenso.

Nick no podía dejar de mirar a la mujer tímida y misteriosa que vestía de manera provocativa pero que se paralizaba ante su mirada. ¡Estaba deseando descubrir qué se ocultaba tras su aspecto inocente! Pero Nick iba a conseguir más de lo que esperaba: Eva tenía la llave del secreto de su pasado y, además, no había nada más adictivo que una buena chica volviéndose salvaje...

Comportarse bien acaba siendo tan aburrido...

¡YA EN TU PUNTO DE VENTA!